LOCUS

LOCUS

mark

這個系列標記的是一些人、一些事件與活動。

故事的秘密

The Secrets of Good Stories

寫在劇本之前的關鍵練習

蕭菊貞 —— 著

目錄

第三章　　戲劇性就是衝突

> 衝突很重要，是劇情發展的推進器。前面篇章中提到的「難題」，
> 像是故事設定的風味菜單，但「衝突」卻是舌尖上酸甜苦辣的咀嚼
> 滋味，直接的，細膩的，感官的，也直接挑戰著看故事的人。

第四章　　人際關係的鎖鏈

> 寫故事的人，不要把創作和生活切割開來。創作的繆思女神，往往
> 躲藏在生活細節中，而帶給我們悲痛、欣喜、吶喊、絕望的種種經
> 驗和滋味，都是故事的養分，哪怕它埋藏在地底。

第五章　　相對論

創作故事時，對於內在價值或意識形態的闡述，通常不會是開門見山的一傾而下，太過急切反而會出現反效果，容易流於說教或傳教，比較好的呈現應當是迂迴前進，甚至是反向操作，藉由逆向的故事情節和結果，讓觀眾自己去發掘／覺醒什麼是更有價值的生命意涵。

第六章　寫一個劇本故事

要成為一個好編劇，一定要培養對於畫面和聲音的感受能力，同樣一個情節有很多種呈現方式，很多的情緒和危機，甚至是角色的背景交代，都能透過現場場景（畫面），或道具（暗示），或演員動作（內在心境反應），或現場聲音／音樂（烘托）來表現出來，而避免只是依靠演員説出來。

好評推薦

我們每一個人的人生都是由大大小小的故事串連而成。

我們有那麼多的故事，卻不見得會是那個懂得說故事的人。

我們也都好希望自己能擁有「好會說故事」的魔法。

讓《故事的秘密》來告訴你，怎麼說好一個故事。

——李烈（電影製片）

這是一本真正的編劇書，沒有不切實際的夸夸之談，亦沒有流行的奇淫技巧。作者很誠摯的從人性和情感出發，一步步教會你「說好一個故事」的本質。

——李志薔（導演）

《故事的秘密》非常適合初學者閱讀，捨棄鑽牛角尖的艱深編劇理論，採用循循善誘娓娓道來的編劇通則。和一般編劇書補習班講義解題密笈不同，《故事的秘密》更接近説人生故事的大方向。

——易智言（導演）

寫故事之前，好好的生活，好好的做人。

好好生活，才足於從生活感受裡掌握現實真實，而淬煉成故事情節，淬煉成真實動人的戲劇空間，宛如現實生活一般真實逼人。

好好做人，才足以從聽見自己心的聲音，進而聽見他人的心底聲音，而洞悉人心人性，寫出更為完整性格，展現真實人性樣貌的角色。

蕭菊貞帶著讀者認識編劇這個工作，編劇這個說故事的人，該具備什麼樣本事呢！而作為一個專業編劇，如何面對不同題材，不同類型……依然能編寫出人物、故事動人的劇本。且看作者以一部部電影為例，深入淺出的引領入勝，一窺編劇這門專業的堂奧。

——林正盛（導演）

坊間的編劇書都不忘傳授技法與心法，卻很少提醒讀者，最重要的是去開發自己的感官，蕭菊貞從「五官／五感」切入的起手式，就有醍醐灌頂之勢。最重要的是她不是在上課，而是用好友聊天的方式，分享她的系統與經驗，讓全書讀來更酣暢。

——藍祖蔚（資深影評）

身為插畫家，比較在行的是用視覺圖像呈現已經寫好的故事，但是碰上自己要拿筆寫故事時，寫著寫著就停在那裡，因為不知如何寫下去。

看了菊貞的《故事的秘密》，讓我恍然大悟，看見了存在已久的盲點！強烈的推薦給想寫故事的朋友。

——江長芳（插畫家）

｜這世界不缺真實的故事
　　卻仍需要說故事的人

　　能說出一個好故事，是相當誘人的成就感；能聽到／看到一個好故事，是相當迷人的心靈饗宴。

　　我們總是鼓勵大家，說故事不難，把感動你的寫下來，不管你是不是中文系或電影系，亦或你是一個社會大學的肄業生，每個人都有這能力。但同時又會說，說故事很難，不是你自己寫得爽就好，看的人也要有共鳴才及格。

　　寫故事難不難？坦白說真的不容易。可是一旦你抓到方法，就會發現周遭環境不斷提供你好素材，從自身的坎坷考驗，到每天新聞出現的稀奇古怪大小事，只要你練好你的故事鼻，它肯定每天都會有反應的。我曾經摘了一則新聞，是一名高科技公司的工程師回到家發現妻子帶著孩子自殺了，家人都說不可能啊！他們收入好、剛買新車新房，夫妻感情好，孩子又乖……，這個「不

可能」，中間就充滿了故事的可能，問題出在哪裡？那週在課堂上，就圍繞著這則新聞，讓同學發想了好多的切入點與衝突點，站在理所當然的對面，許多故事的細節就會一一浮現了。

　　寫故事的人一定要當個好奇寶寶，在人性中勇於提問，勤於挖掘。

　　李安導演有一次回台灣擔任評審，他語重心長的提出建言：「台灣的創作環境自由，人才優秀，但是思想怠惰。台灣電影格局不夠，缺乏主題經營，結構不扎實，對話不營養，感染力不足。」這段話很有重量，提醒了所有創作人，但仔細思量，最根本的問題其實就是出在「故事」上。思想、主題、結構、對話、感染力，都是一個好劇本好故事必備的元素，缺一都會跛腳了，更何況還缺了好幾項。

創作故事除了要習得寫故事的技巧外，好故事還要接地氣、好故事還要做田野、好故事還要反映對當代社會的觀察。因此要寫這本書和大家分享的觀念，是希望提供一些思考給想寫故事，想創作劇本的朋友們，不要心急於寫一個多麼酷炫的故事，或是急著想把自己的想法攤出來，創作故事是一個相當有趣、相當豐富又曖昧的過程，寫故事的人，在筆下創造了一個世界，讓看故事的人們相信它的存在，並且願意跟隨，共鳴共感。

　　因此寫故事的人必須在下筆前，清楚你的故事，故事中的人物，人物間的關係，關係中的衝突，衝突之下的意義和關聯等等，這不是接字遊戲，卻是比接字遊戲更細密的設計，我稱之為「故事的秘密」。書中提出的思考和解析，都是在創作故事前，撰寫者不能逃避的關鍵習題，不論你要以三幕式劇本作為結構藍圖，

或是走入個人藝術的殿堂，這些支撐故事的拼圖和支柱，都是不能忽略的重點。

　　這世界不缺真實故事，卻仍舊需要說故事的人，為我們說出一個個經典雋永的好故事，讓我們心靈得以寄託，痛苦得以抒發，情志得以暢懷高鳴。與大家共勉努力之。

第一章

走進生命劇場

心如工筆繪畫師，能畫各種諸顏色，

一切境界心所現，心境又隨意念轉。

探索人性，是所有寫故事的人不能逃避的功課

很多關於好萊塢電影經驗的書一本本翻譯，說的盡是故事發想、編劇技巧、導演功課、電影製作，其中編劇書總是賣得最好。而拯救台灣電影的會議總是開不完，也沒有人會否定一部好電影的前提是要有好故事、好劇本，因為這才是最重要的基礎。

但是，想創作的學生還是會不斷地追問：怎麼才能寫出好故事？

心中有滿滿感動的作者，經常理不出頭緒，明明好想寫呀！

戲劇製作會議上，大家也不斷重複著同樣的問題：感情不夠！人物太扁平！主題模糊！……

上編劇課時，更直接的人則會提問：該看的書、該知道的

技巧，關於英雄與貓咪的概念我都會背了，怎麼還是寫不出好故事？

　　要成為一個說故事的人，或要說一個動人的故事，有個非常重要的秘訣，很關鍵，但卻經常被忽略，就是**寫故事之前，要先讓自己走進生活現場，在生活中閱讀人性，成為一個人性的觀察者和捕捉者。**

　　一般的編劇技巧和寫作原則，雖然彙整了許多成功的經驗，甚至理出了幾種潛規則和公式，例如，最廣為熟知的好萊塢三幕式劇本概念，但許多人就算是熟背了這些武功招式，到了下筆時還是經常會卡住！常出現的問題有：人物性格無法建立，行動缺乏動機，對白無法深入，衝突太表面等等。更糟的是，原本想發展的故事早已不知不覺偏離了主題。

　　探究這些故事觸礁的關鍵因素，缺少的未必是創意，問題多半在於寫故事的人抓到了一個點子或概念後，只想心急著趕快完成故事，反而較少花功夫去觀察和探究故事的角色與背景，因此許多作品雖然有一個好的概念，人物的刻畫卻總是隔靴搔癢，不

但引不起共鳴，故事甚至常常不了了之，亦或出現主題、點子不錯，但過程卻像是空拋拋的棉花糖，最後嘎然而止，唐突地結束，留下一臉錯愕的觀眾。

　　無論是劇情電影、紀錄片、電視劇，或是近年來流行的微電影，大製作、大卡司、大主題，未必是成功的保證，至為關鍵的重點之一，在於故事與角色能不能引發觀眾的情感共鳴。而這個共鳴點，依賴的不是劇本公式，不是特效動畫，而是人性，人性之所仰望，人性之所匱乏。人性的同理與共鳴，超越時空、國界，也超越種族、宗教、年齡，一如愛情經典劇中莎翁的《羅密歐與茱麗葉》（*Romeo and Juliet*）、黃梅調電影《梁山伯與祝英台》，或是李奧納多主演的《鐵達尼號》（*Titanic*）。多少觀眾都為這些愛情故事心碎落淚，雖非劇中人，卻能同理那分悲傷與悵然。全因相愛不能長相廝守的痛徹心扉，不只在戲劇裡讓人痛苦，在現實世界裡也折磨著成千上萬的戀人。

　　說故事的人能夠體察到這幽微的哀傷、細如髮絲的情愫是如何在人身上洩露了痕跡嗎？兩性關係中的拉扯，哪一味兒最讓人心疼、心痛呢？

近幾年許多偶像劇當道，甚至到了一窩蜂的地步，擔任亞洲電視獎評審時，看了好多中國的電視劇，幾乎都是俊男美女的故事，相愛總是會遇到許多波折，不出貧富階級差距、小三小王亂竄、家庭長輩阻礙、一連串的意外、誤會等等，都套上了常見的愛情故事戲碼（讓我想起台灣七〇年代的愛情電影），該有的衝突應有盡有，為何仍顯得貧乏蒼白？再如前陣子東南亞國家流行警匪片，好多場面動作製作的都不含糊，在高速公路上競逐，在工廠裡群鬥，在槍林彈雨中肉搏……但這些都是背景，場面可以嚇人可以震撼，但它就只是背景，烘托出了危機的存在，可以加分但卻不是故事動人的核心。

故事的核心價值是人在故事背景（困境）前的行為、選擇與思想所建構出的生命價值。如真愛、勇氣、正義等等的普世價值，如何幫助主角從困境中解脫、成長，當然也有可能是殞落或犧牲。

近年一些引起全球矚目的優秀電影作品，我們試著解剖它的故事，先別管卡司和結局，想想你為何而感動？

例如好萊塢大片《星際效應》（*Interstellar*），表面看來是

地球即將毀滅，一段想要移民太空的冒險故事，有愛因斯坦、霍金的學說背景，也有常聽到卻根本搞不懂的黑洞、蟲洞理論，有很厲害的電影特效和動畫，還有大卡司大導演。但是裡面哪些元素讓你感動呢？

如果沒了男主角對家人（兒女）的愛；沒有女太空人對愛人的追尋與信任；沒有博士為了私心隱瞞了最重要的秘密；沒有前一位太空人為了求生存而設下的騙局；沒有冰冷的機器人對人類的效忠與付出，還要不時的耍點小幽默。想想，如果抽掉這些人性情感上的鋪陳和衝突，這上億美金的大製作，到底還剩下什麼？是特效、動畫、愛因斯坦、霍金、地球毀滅論讓你感動嗎？不是吧！

應是愛讓人感動，是父親拚了命要回來地球，想盡辦法傳遞訊息密碼救人，是女太空人相信愛人還在等她；是自私無情讓你生氣，是謊言背叛讓你錯愕緊張，是無私犧牲讓你難過……而這些就是故事的關鍵。

再試著切開賣座電影《魔戒》（*The Lord of the Rings*），簡

單說，就是一段不折不扣的冒險除魔旅程。

先停格一下！

暫且把壞人、怪獸、壞巫師搬一邊，先來看看這一枚不起眼的戒指，和一群各懷心事的除魔團隊：遊俠、哈比人、精靈、矮人……各路英雄們，想想是什麼讓你被這故事所吸引？

《魔戒》是人性慾望的象徵和投射，而每一位角色，從精靈、哈比人……到咕嚕，作者又在他們身上各自貼上了哪些人性上的符號和特色？不能重複，要各自在故事上建功。每一段生死歷劫的過程、醜陋的怪物，通常都只是幌子，像是懸吊起一幅熱鬧的舞台畫板，而真正要上戲的，其實是角色們內心對生死的恐懼、對權力慾望的嚮往和抗拒，以及對於友情、愛情、親情的犧牲與付出！於是到了故事最後，就算沒有怪物來阻礙了，哈比人佛羅多自己站在火山口時，所要面對的最大敵人，依然是自己的慾望！

如果這部電影抽掉了這些人性上的矛盾糾葛和慾望的拉鋸，

光是靠著一路冒險打怪物，那大概只能成為低階的電玩遊戲，不是嗎？！

還有一部我很喜歡舉例的電影《八月心風暴》（*August: Osage County*），這是一個難度很高的戲，從百老匯舞台搬上大銀幕，故事背景看似簡單：老父親失蹤了，全家人都齊聚家裡面對這個難題，罹癌又藥物成癮的母親、陷入丈夫外遇困境的大姊、愛上表弟的二姊、表面花癡浮誇的么妹、老是咒罵兒子的阿姨……每個人都背負著生命的困境和秘密。父親的神秘失蹤，點燃了戲劇衝突的火苗，薄如蛋膜的和諧之下，秘密的火花毫不留情的噴發，這個家族的秘密，就在這屋子裡一個個地揭露，無一倖免。

這部電影中沒有大壞人，但每個人的心，卻都因為過去的創傷而受困，主場景很簡單，但劇情上人性的演出已經把畫面填滿。這樣的一個經典故事，正是劇作家展示人性和家庭關係的解剖台。

我們自以為懂「人」，但懂的多半是接收訊息，接受結果。

從觀察人類的行為，延伸到探究人性，看似簡單的概念，有

時卻是高難度的功課，尤其我們的生活每天都在人群中打滾，但身在其中並不代表我們正細膩的進行著觀察和領受的練習，更多時候我們張著眼卻看不見，有著耳卻聽不到，嗅聞的記憶被塵封，舌尖的味蕾被吃到飽麻痺，膚觸遲鈍無感，情感空虛而寂寞。我們自以為懂「人」，但懂的多半是接收訊息，接受結果。甚至對於訊息的暗示、結果背後的原因，或話語背後的心思，其實都懶得深究，更遑論現在活絡於網路世界的貼圖式回應，讓人際間的情緒和行為反應，被網路隔絕，也被表情符號取代，更弱化了生命經驗的學習。

近年在上故事課時，要同學們延伸出更多的人物細節反應時，通常需要花更多時間去引導和想像。

其實一個故事的好壞，關鍵的成敗因素之一，經常就落在作者對筆下角色的塑造刻劃上。多數寫故事的人，尤其是新手，特別急於在形式上炫技，而老手則容易流於固定模式的套招，不自覺充斥著想當然爾的對話和行為模式，反而限制了故事發展和動人之處。

沒有細節、缺少特色、主軸模糊、人物扁平、結構鬆散，幾乎成為說明一則失敗故事的基本評論了。

角色的塑造刻畫，應該是對人類情感、行為特質的歸納和觀察。這功課很難是繳學費上幾堂課就能學到的經驗內容，但說難也沒有想像的難，其實最粗淺的練習，在我們每天的日常生活中都可以隨時啟動，例如搭乘捷運、公車時，或是在餐廳等人，哪怕是糟糕的塞車狀況，都有窗外的人可以看，眼前一個個「角色」，都是你可以觀察練習的對象。不妨試著讓自己練習寫下福爾摩斯式的人物觀察筆記。

透過你的觀察，為每個角色寫下至少五個線索的描述：

1. 從她／他的裝扮特色，試想這個人的生活／工作類型？
2. 哪一個小配件或物品，加深了你的判斷／印象？
3. 從他／她的神情中，你讀到他目前所面對的是什麼情緒？
4. 觀察行為動作，有哪些不尋常或在細節中釋放出他／她的秘密或困境？

5.綜合前四項觀察，往下推演，他／她要往何處去，又會面
  對什麼樣的事？

　　這不是課餘遊戲，而是寫故事前的訓練之一；試試自己有多
少能耐，能從人物的細節和行為中，看出多少隱藏在背後的故事。
更進階的，還可以挑選前方正在對話的兩到三個人（聽不到聲音
最好），試著從他們的對話、姿勢、互動中，去建構他們彼此的
關係，談話的主題，各自的心事……，彷彿我們正在看一顆有趣
的電影鏡頭般。記下你的發現與觀察，這些記錄對於生活經驗有
限的人來說，終將豐富你筆下的人物。

　　再補充一點，每天發生的新聞事件，也是故事的挖掘和訓練
場，戲劇故事強調「衝突」，衝突是故事前進的推進器（第三章
會討論到），大量的新聞事件中，充滿了各式的衝突與未解之謎，
每一個角色，皆有其背景可以探尋與創造，可憐、可惡之人亦有
觸動你的地方，可以找幾個朋友試著玩故事接龍，試著角色扮演，
試著當偵探與記者，就會發現發人深省的故事真的好多。

善用五感捕捉生活的細節，立體化人物的性格

其實每個人都帶有很好的故事偵測器，可以讓我們不必花錢，就能探索到周邊人事物的狀態，並且迅速地與我們的生活經驗連結。

這些偵測器每個人都有，就是我們的五官五感。編劇或導演平常如果能善用五官和五感來捕捉人們在生活中的存在，將這些訊息活用在故事上，角色不用多說話也能變得立體。畢竟編劇守則中，有一條就是提醒作者，能演出來的情節就不要說出來，能讓觀眾自己發現的線索，更不要雞婆去講明白。編劇要很清楚的知道，**戲劇（電影、電視劇、網路劇、廣告、短片皆然）的呈現是透過影像、聲音展現**，觀眾的觀影經驗很容易將自我投射放入劇情中，所以讓他們一起跟著故事前進吧！千萬不要把觀眾趕出故事外，冷眼看你要把戲。

眼睛／視覺

第一個進入視覺系統的就是顏色，之後才是形體和動作。你可以透過顏色試著了解每個人的性格，當然也可以善用顏色來形

塑角色。編劇在這時候如果能對色彩心理學有所涉略，那就更有趣了。每個顏色都有它的陽性陰性，並且與人的個性和情感反應有很細膩的連結。

紅色：熱情洋溢／狂熱暴躁

藍色：沉穩安定／憂鬱沉重

黑色：神秘自信／恐懼絕望

白色：優雅純潔／虛弱無助

灰色：涵容寧靜／消極陰鬱

紫色：高貴浪漫／不安焦慮

……

許多人不知不覺將顏色披上的同時，也正顯露出他的個人特質和當下的心情，雖然很多時候我們身上多是彩色狀態　但只要細心觀察，就不難發現，大多數人其實都有色彩的偏好，例如保守的人比較偏向土色棕色系的衣物，個性強烈、叛逆之人，經常連身上的顏色也會顯得強烈而充滿挑戰。就算不是大面積的展現，也極容易在嗜好小物和私密空間中找到線索。曾經認識一個

工作上既理性又俐落幹練的女強人，工作時身上只有黑跟白，但一進到她房間嚇了我一跳，竟然是被浪漫的粉紅色包圍，這兩個場景的跳躍，就已拋出了故事的發展那條線索了。

在許多電影作品中也不難發現導演或編劇特別善用某種色彩元素，來作為特定的象徵；小從紅色高跟鞋，綠色的衣服……到電影大師奇士勞斯基執導的經典作品《藍白紅三部曲》（*Three Colours*），皆令人印象深刻。尤其是《藍色情挑》（*Blue*）中，茱麗葉・畢諾許被包圍在藍色氛圍中，無論是透過光影、道具、造型凸顯藍色的存在，更暗指對自由的隱喻，以及暴露她內在孤獨憂鬱的心境。這三部電影以法國國旗的顏色，分別代表了自由、平等、博愛，堪稱影史不朽之作。

如果寫故事的人能掌握色彩的運用，在人物出場時的第一印象就建立起特色，觀眾的認同也會變得容易些。例如陰鬱或剛面對挫折與打擊的人，經常會穿著暗色、黑色寬鬆的衣服出場，輕易顯露出他的憔悴，和拒絕開放的狀態。若是壓抑刻薄又不願被別人看透的防衛，這黑又會再貼身些，寫到這，讓我想起改編自狄更斯小說《小氣財神》的電影《聖誕夜怪譚》（*A Christmas*

Carol）中的守財奴，挾著成長過程中的創傷，對人充滿不信任感，對錢財則吝嗇絲毫不布施，那一身黑色燕尾服，包裹著高瘦而且駝背的身軀，再加上緊抿雙唇又帶著鷹鉤鼻的長臉，實在很不快樂。但要呈現出他的軟弱和蒼白時，黑色高帽則換成白色下垂的睡帽，睡衣也是長墜款的軟布，無須多言，在造型、顏色上，已經對觀眾啟動了角色性格的暗示。

當然，還有另外一種黑，是很多設計師、藝術家，包含電影工作者也喜歡穿的黑，但通常這種黑，是他自我獨特性的展露，這時候的黑要有質感、有設計感、剪裁也要恰當，通常會再搭配一些個性化的飾品，或一雙不賴的鞋。

額外一提，若是筆下的角色有特定的宗教或族群背景，那更要做好顏色功課，比如說黃色和紫色，這兩個顏色在中國是九五之尊的帝王色，但在埃及和巴西，黃色可是不吉利的顏色，而在墨西哥，紫色甚至是死人出殯的顏色，千萬不能犯錯。當然也可以善用之，或可藉此誤用來創造一些衝突，刻意凸顯不同文化習俗的差異。

此外，透過視覺觀察個人形體和行動上的特色也很有趣。例如身材、體型，甚至一個人走路的樣子，有時候也得以推敲他的故事。有沒有發現許多企業家或是需要經常上媒體露臉的人，走路時都會刻意地保持他的英挺度，絕不會有垂頭喪氣、含胸駝背的姿態。而美女（或是對自己某部分特別有自信的人）總是會製造機會，讓你看見她引以為傲的那個關鍵部分，可不只是身材喔！也包含她甜美的笑容，或是某一個曼妙的姿勢，她總是很努力地讓這部分被看見，當然也期待被喜歡被讚美。

而同一個人在不同的心境所展現出來的肢體語言也會不一樣，開朗的時候動作容易大、不拘小節；沒有自信的人則經常肩膀內縮，就連腳步都會顯得小心；緊張的人最好的觀察就是他的手很難好好放著，總是動來動去，指尖的磨蹭也會增加，更嚴重的人連頭和視線都很難持續在一個定點方位。

這些看得見的細節，在寫故事時的作用非常大，不只讓劇本或小說延伸出視覺想像，也是刻畫角色多層次內在狀態的好道具。

耳朵／聽覺

聲音也是有表情的。

人的聲音經常會洩露他內心的秘密，不只是談話內容，當然還包括了聲音表情。

你可以練習聽一個人說話時聲音的特色和音調，去推測他的性格和當下的情緒。急性子的人講話速度快；沮喪的人音色會變得暗沉，速度也會變慢；穩重的人說話多半內斂沉穩；說謊心虛的人，聲音的尾音常常都會飄走；而做重大決定時，聲音幾乎都會放慢加重！至於激動時，哽咽更是必備的聲音特色；刻薄人的說話音調，也容易如同他的內容一樣尖細帶刺；而當女人想要吸引男人時，經常也會不自覺的聲音就嬌嗲了起來……

透過聲音去觀察一個人，準確度很高。我有一位視障好朋友，經常可以跟你說幾句話之後，就猜出你今天的心情以及性格，更讓我驚訝的是，她連說話人的身形都能略知一二。她曾跟我說，「人在外表上會化妝、會遮掩，但在聲音上卻很難隱藏情緒，閉上眼睛，你可以聽到的世界比你想像的豐富許多。」她的這個分

享，讓我也開始學習適度的關掉視覺的獨霸性，練習用聲音看人，真的是很不一樣的學習。

身為導演和演員，對於聲音的表演，自是不能低估。身為說故事的人，對於說話的內容／聲音，以及環境聲音的想像，和特定聲音的運用更是不能輕忽。

有一部電影我經常推薦給入門者，就是改編自義大利電影音效大師真實故事的《聽見天堂》（*Red Like the Sky*），主角小時候因為槍枝走火意外而雙眼失明，但他卻善用聽覺、來捕捉生活中各種聲音的戲劇性，和一群同學共同創造出一齣聲音的舞台劇，讓觀眾身歷其境，用聽覺創造出精彩故事。

生活中的聲音，其實只要你開始練習聽，很容易就會發現比你想像的豐富太多。所以我們可以試著在生活中做聲音的觀察練習：

在不同場域空間，試著給自己一分鐘，閉上眼睛、張大耳朵，練習聽聽看，你能聽見多少種聲音？

我曾在森林裡停下腳步，眼望四周盡是大樹和岩壁，但閉上眼才發現這空間比我想像的豐富，而且都充滿了「生機」。葉尖的摩擦聲，落葉的墜落聲——是掉在枯葉上？還是泥土上？徐徐輕柔的風，撲簌聒噪的風，一顆果子落地，一隻小蟲在草叢中跑步，遠方還有猴子好奇的在窺視我們，發出警告訊號，一隻蜜蜂，不～還有更大的翅膀揮動著，是什麼鳥呀？偶爾還會飄進唧唧的蟲鳴聲，忽東忽西的遊戲著……

　　我也曾在坐公車時進行練習，例如等紅綠燈時，閉上眼，練習在 90 秒裡試著蒐集：我會聽到些什麼？

　　這也是一個有趣的經驗，我發現好多人根本不在乎被陌生人聽到秘密，而且有些時候遇到想炫耀的事情時，還會刻意拉高音調，例如小女生熱戀時，總是張揚的強調那不能說的秘密。而老人家總愛說著家人的瑣事，兒子、媳婦、孫子、寵物，一舉一動都可以是話題，就連家裡的存款利息也能大剌剌的細數著。封閉型的人則愛聽耳機，而且不少條件不太好的胖弟胖妹，或垮著一張臉的男生，還特別喜歡把耳機聲音開到好大聲，聲音大到連旁邊的人都可以聽到。聽力受損不說，我更好奇的是，他們用聲音

來創造自己的安全感和隔離，內心想逃避的是什麼？還有，車窗外左閃右躲鑽動的騎士，引擎加速催油的聲音，就和他的心跳一樣焦躁不安吧！還有還有……路邊有人在叫賣，是好久不見的麵茶！鳴笛聲～多麼讓人懷念呀！

說也奇怪，當我被麵茶聲吸引而張開眼睛盯著那推著小車的老人緩緩移動時，那分專注，竟然讓我在那個短暫片刻間，忽略了身邊其他延續進行的聲音，直到公車又開始移動才回過神。所以在很多電影中，導演經常在某個重要的凝視片刻，或是關鍵的訊息進入時，讓周遭的世界突然地鴉雀無聲，這其實並非創意，而是我們在現實生活中也都這麼經歷著。

語言和聲音若能善用，也是在故事書寫中很好用的棋子，讓觀眾或讀者得以在主角沒發現的情況下，讀取到弦外之音，甚至畫外音的運用，也是創造空間感和空間層次時很好用的元素。

舌頭／味覺

談到味覺更是不得了，民以食為天，許多人拚搏努力的目標和愉悅感，都來自於滿足那一張嘴的慾望，這應是五感中最被大

家期待和渴望的感受。多少人努力工作都是為了能溫飽，因此在許多散文、小說、電影、電視、戲劇中都不乏經營「食」的概念。包括從漫畫紅到電視、電影的《深夜食堂》，還有大家熟知的賣座電影《濃情巧克力》（*Chocolate*）、《美味人生》（*Herencia*）、《食神》、《總舖師》……。其中最讓我驚豔與驚恐的就是導演彼得．格林納威的《廚師，大盜，他的妻子和她的情人》（*The Cook, the Thief, His Wife & Her Lover*），對食與慾望、食與性的剖析，真像庖丁解牛，華麗冷靜到讓人不寒而慄。

談到吃人人愛，美食的故事也有一定的市場，但要編劇寫個關於食物或廚師的故事，卻不是人人都寫得動。我也曾經處理過幾個關於美食家、廚師、麵包師的故事，發現一開始編劇對題材都充滿高濃度的興趣，但這熱情不久後就開始撞牆，因為我們平常雖然喜好舌尖上的滋味，並不表示我們了解食物，懂得廚師的心情和手藝，更遑論較深層的面對食物與歷史與人性的關聯。因此許多人寫吃，容易淪為日常吃飯、吃高級料理的繁複背景或工序，而忽略了經營故事的細致理念。

例如食物通過味覺，產生了酸、甜、苦、辣、鹹的分別，餐

桌上的每一味都有人偏好，也經常被用來與人生的情境相呼應，最常聯想到的有幸福的甜美、眼淚的鹹味、挫敗的苦澀、爆怒的麻辣……這些非常容易引起共鳴的生活經驗，大家並不陌生，但想想寫故事的你是否曾經善用過呢？

食物存在於生活中，在市場裡也被分等級、被標價，很容易呈現出階級性的差異，例如要刻畫陷入困境中的一家人，他們的餐桌上該出現什麼樣的食物？這些食物不只是擺飾，而是重點說故事的道具，不需旁白對話，如何讓觀眾理解家中三餐不繼的苦？善用一點食物的小技巧，賦予它性格、價值、意義，好過只是演員拿著筷子，叨叨絮絮地訴苦埋怨或流於裝飾。

食物掌管基本生存，也掌控著慾望。是生存的糧草，是貪慾的外衣，也是快樂的嗎啡，更不時與性慾相互纏繞。

例如在故事的經營中，「飢餓」是需要被認真看待的狀態，因為飢餓會導致死亡，牽動的是生存條件。所以飢餓會讓人妥協，會讓人逆反，甚至會讓人奮死一搏！有沒有想過如何來描述飢餓？

「大吃大喝」也是戲劇裡經常出現的狀態，真正透過大吃大喝呈現幸福的故事並不多，通常暗喻的都是內心的空虛，彌補自己的委屈挫敗和療癒創傷的情節，倒是比較常見。多少滿桌美食奢華極致的呈現，只是為了等待角色們的衝突，亦或給情感的匱乏搭建舞台。如果真有人滿足了渴望已久的美食，並從中得到極大愉悅感，通常不久後也經常會降臨一個難以承受的挑戰，那份超越渴望的滿足，通常不會是美好的禮物和祝福。

透過舌尖傳遞的味道，在戲劇中是直通慾望的感覺神經。

很少故事中能夠沒有食物的出現，所以寫故事的人，若能提升自己對於食物／味覺與慾望的探索，也是很好的幫助！例如電影《濃情巧克力》中，茱麗葉・畢諾許飾演披著紅披風帶著女兒流浪的母親，不但一身好手藝，並且能夠透過巧克力讀出人心，當人們吃到屬於自己的巧克力，情感和慾望便無處可逃，電影故事很單純，難的不是做巧克力，或是開一家巧克力店，而是女主角善用它架起了橋樑，疏通了那壓抑已久的心靈，解放了嚮往自由和真愛的慾望，於是每個人心中的故事都被牽引了出來……

當然，談食物談慾望，不能只想到吃，也要談到人：創造美食的人、吃美食的人。故事要切得深刻，切記不能只談做食物的技巧，那會變成美食節目！也不能只呈現追逐華服美食的過程，想想《慾望城市》（*Sex and the City*）的那四個女人，雖然被物慾絢爛的紐約時尚所包圍，但那終究是像吸引人的彩妝，絕不是真正好故事的核心，真正的關鍵還是談人性、談慾望。這也是很多人想效法《慾望城市》寫故事，但卻很少成功的原因，因為只著重在幾個女人大啖美食、解放情慾、逛街購物……，是不足以支撐好故事的。

說到這還漏了相當重要的一樣，就是食物與記憶。多少記憶依附食物而存在，這點無需外求，每個人心中都有記憶與時間調味的幾道菜，幫我們牢牢地留住思念的味道和那些難忘的片刻。

喜怒哀樂、愛與憎恨、妒忌與奉獻……若真要上菜，想說故事的你準備好了嗎？

鼻子／嗅覺

每個人身上都散發出氣味，每種動物也有牠的特殊氣味，

甚至每一種物件，哪怕是一張紙、一枝筆，一張椅子都有它的氣味。而對於人味的搜集與迷戀，就不能不提徐四金的小說《香水》（*Das Parfum*），有著超越凡人嗅覺能力的葛努乙，從小生長在魚市場，那是一個混雜著各種腥臭腐敗氣味的地方，但有一天他從一個女孩身上聞到了一種迷人的香味，他為之著迷，卻意外的殺了她，之後他陷入了追尋最完美女人味道的深邃幻想，因而產生了一連串的殺人事件……這故事後來也改編成同名電影，引起極大的迴響。

在生活中我們被各種味道包圍，有些氣味一飄來，便產生了直覺的經驗聯想，不等思索。熟悉的味道，隨時在撩撥著我們的記憶和認知，麵包店麵包出爐時的濃郁奶香、咖啡店烘咖啡豆時醇厚多層次的焙豆香，清晨走過桂花盛開的巷道時混著露水的清香，春雨過後草地上也有濃濃的青草味……，當然還有城市中摩托車排氣管噴出來濃臭的煙、垃圾車飄出的食物腐臭味，以及陰暗潮濕的腐朽霉味……

有一回我一進辦公室，同事一見我便問：你是不是去了××早餐店？

「咦，你怎麼知道？你剛剛也在嗎？怎麼沒看到你⋯⋯」

「我不用去啦！你身上就有那家店的油煙味呀！」天啊！我還記得那一整天，都想著要趕快回家洗頭髮換衣服。

所以在刻畫角色時，當這個人物所處的環境或工作場域是屬於有特殊氣味的地方，其實也可以善用這味道延伸出戲味，甚至開發出關於味道的故事。畢竟我們即使帶著口罩，也不能否定了氣味在生活中的存在，更多時候我們甚至追求氣味帶來的慰藉。例如甜美的橙味、放鬆的薰衣草、浪漫的玫瑰香、沉靜的檀香，對於香味的追求甚至也成為一種奢華，大馬士革玫瑰純精油一毫升上萬元，沉香木更是價格不菲，它甚至還成為與更高靈性接觸的引導。

我們平常甚少善用嗅覺，絕大多數的時間都是被動吸取著飄進來的味道，而且其中又有一半幾乎被忽略了，其實嗅覺能分別的氣味比味蕾能分辨出的酸甜苦辣鹹要豐富得多。感知細膩的人，懂得透過味道去觀察人，最明顯的例子就是身上的香水味，從他／她身上香水的調子，可以解讀出此刻他想被人發現的心

情，因為許多人身上的味道（尤其是香水、香膏、古龍水）都是自己主動添上的，而不是身體的自然味道，不妨也可以視為這人渴望被聞到時，被加諸投射的浪漫想像，也是他對自己期待被喜歡的模樣，尤其許多香水廣告已經為產品下了咒語：性感、浪漫、誘惑、神秘、精靈等。

精靈？對，精靈也有味道。

精靈也可以成為一種味道，因為在各種童話故事和文學作品中，都告訴我們精靈是出現在遺世獨立的森林裡，散發著靈氣以及神秘的魔力，再加上電影的模擬以及視覺效果，更讓精靈的美麗與智慧為人類所著迷，於是乎瀰漫著超凡脫俗的仙氣和雲霧繚繞的迷濛，還有參天大樹的芬多精與空靈花香調合交融，就想像創造出了精靈的味道。

所以氣味，不只存在於真實生活經驗中，也可以透過經驗和想像力創造出感受。

既然氣味無所不在，在故事的書寫與創造中，自然氣味也能

成為一種個性、一種道具，豐富了故事的立體感。

膚觸／觸覺

觸覺是很容易被忽略，卻又最直接曖昧的感受。

皮膚表層都有觸覺的感覺神經，比起另外四個感官系統要巨大的多，但它的特色是要真正的與身體接觸才會有感覺，它沒有眼睛的神力，遠遠的就能產生視覺感受，它也不像嗅覺，能穿越更大的時空去歸納記憶與辨識物件。

與身體直接接觸，小從日常生活中的物件碰觸，所產生的觸感，延伸至人與人之間的膚觸，別小看輕輕一碰，可能是充滿愛意的觸電感，也可能是極度不悅的被侵犯感，更別說來自親情／友情／愛情的擁抱、親吻，或更親密的接觸所產生的身體感受。

在故事的人物關係刻畫中，聰明細膩的編劇會很懂得善用觸覺，因為觸覺的感受來自直接的膚觸，是更直接更私密的距離跨越，沒有接觸就沒有觸覺的產生，因此一個碰觸的動作，都可能隱喻的代表著跨越了某一層次的人際距離。還記得經典電影

《E.T. 外星人》（*E.T. the Extra-Terrestrial*）嗎？令人難忘的那一幕，外星人與小男孩的指尖碰觸，那一顆經典畫面，需要多少文字才能寫出它背後的意境啊！但僅靠一個碰觸，觀眾就能心領神會了。更別提許多初戀戲很喜歡用的橋段：第一次不經意的指尖碰觸；第一次牽手的電流感；第一次被擁抱的幸福感等等。甚至是情人間日常的依偎，老夫妻牽手的背影，都會讓人感受到暖意。至於到了最直接的袒露或性接觸，所延伸的意義甚至超越了觸感，附加了其背後的社會價值或情愛關係中的承諾與責任。

身體的觸感，除了前述的美好與溫暖外，當然也會乘載著包含負面感受的侵犯與迫害，這樣的過程所強加於人性中陰暗的印記，是穿透膚觸而深入意識的痛楚，很難消除。例如體罰的鞭子烙下的傷痕、自裁的割裂所承受的苦痛、被侵犯的屈辱感等等，這些身體的不好感受，已非觸感消失就能抹除得掉的痕跡，那種一次又一次落下的鞭打，像是普羅米修斯被惡鷹啄肝的折磨，沒有盡期，除非你的心能先放下。這類型的刻畫，在文學、舞台劇、電影中很常見，讀者／觀眾的感受也是相當直接，沒有距離。

在日常生活中，如何去體察膚觸的感受？其實也可以從小事

件開始練習，我們每天都用手，但卻用得很粗糙，多是很功能性的使用它，達成動作的目的，而忽略了手部觸覺擁有著敏感的領受力。建議大家不妨試著在生活中放慢一點，把你的雙手當成精密的儀器，細膩地去感受樹葉、枝幹、花瓣、木桌子、塑膠杯、鐵椅子、手工陶杯、水晶杯……不同的觸感，然後各找出三個形容詞或名詞，記錄下這些感受。一方面訓練自己的文字表達能力，也可加強對周遭事物的觀察和感受力，在創作故事中，有時候就是靠這麼神來一筆的功夫，讓故事多了點神韻。

例如，很經典的一幕，波蘭電影大師奇士勞斯基的《藍色情挑》中，一場車禍讓女主角朱莉頓失丈夫、愛女的錐心之痛，備受意外打擊、揮之不去的傷痛，沒有出口完全地壓抑，甚至連管家都拜託她要哭出來，但導演當然不讓她哭，卻讓她孑然一身的離開家時，手握拳以指關節去摩擦石頭岩壁，血慢慢流了下來……。一句話都不需多說，就能體會她的心有多痛！

善用五感豐富自己，不只是一個說故事人該練習的功夫，更是擁有一個故事鼻（發覺好故事的人）應當具備的敏銳度，千萬別小看老天送給我們的禮物，真的非常美妙！

第二章

誰是主角？

每個故事都有主角，主角可能是男人、女人、老人、小孩，不同階級，不同族群，不同年齡等等，甚至也可以不是人，而是擬人的動物或外星人。重要的是主角必須要發生吸引我們想看的故事，或是帶領觀眾走入一個我們意想不到的狀況中，並且得以產生情感的共鳴。

　　那麼誰適合當主角？主角又該有什麼特色呢？

　　有太多的經典文學、電影告訴大家，一個能被大眾接受的故事，主角的設定不外乎以下幾點：

　　第一，主角不完美。

　　第二，主角背負著難題，或承受突如其來的考驗。

　　第三，主角必須有一個明確的目標。

　　第四，主角的性格影響他的命運。

　　第五，主角會歷經成長與蛻變。

　　第六，主角重新找到新的平衡。

主角不完美

主角不只不能完美，很多時候他出場時正遭遇著挫折，甚至已經是一個 Loser，失敗者。這樣的設計不難理解，因為**觀影經驗大多是觀眾將自身的生命體驗與情感記憶投射在故事的過程，有些是直接的轉移複製，有些則要透過角色扮演的移轉才能完成。但無論如何，不完美的主角最容易拉近觀眾的距離，因為在真實世界裡，我們的處境多是不完美的。**無論是無形的慾望、有形的物質：權力、階級、親情、愛情、工作、考試……有太多太多的試煉和打擊，讓我們變得不完美，然而這些缺陷，卻提供了戲劇的舞台，讓主人翁有機會去對抗、去改變，最後突破困境創造重生。就算是一齣悲劇，至少也蘊含了某種生命的意義與價值。

認真接受「不完美」的存在和重要性，除了是相映了真實世界，還有一個重點是凸顯衝突與轉折的「戲劇性對比」。

例如：

● 反敗為勝，有戲；一直得第一名，沒戲。
● 好事多磨，有戲；平步青雲，沒戲。

- 麻雀變鳳凰，有戲；從小到大都是快樂的公主，沒戲。
- 相愛不能在一起，有戲；相愛，每天幸福的過日子，沒戲。

這戲劇性的對比，不只在情節上強化了衝突，更重要的是藉由衝突與矛盾，去深化主角的心靈狀態。藉由痛苦與情感的拉扯，讓心靈的思考更趨複雜，如此才有機會面對人性中深層的提問，淬煉出扭轉現實困境的力量。所以那些讓我們感動的英雄，幾乎都不完美，觀眾能得到滿足，不是他打贏了敵人，而是讓我們看到這些不完美的人，努力超越了自己。

至於不完美的主角類型，大致有幾種狀態：

● 原生性的不完美

來自個人身心狀態或原生家庭背景的缺陷，例如身體的殘疾：眼盲、聾啞、口吃、肢體障礙、身心病症等等，甚至包含身型美醜都有可能。例如《下一站，幸福》（*The Station Agent*）的主角是個侏儒，矮小的身型，讓他不斷地被嘲弄，在電影故事中他是火車迷，在追逐著火車的過程中，彷彿也在尋找著自己。

還有一種原生性的不完美是來自原生家庭，就像哈利波特的父母因為對抗佛地魔而雙亡，他又被收養的親戚虐待……，或是有人出生在貧窮的家庭或孤兒院，在成長過程中歷經挫折，備嘗孤單等。

　　這樣的不完美很巨大，通常也會牽動整個故事結構的發展，但如何跳脫這悲劇性的人生設定，創造出不同於預期的結果，就顯得很重要。若是喜劇結尾，通常會激勵人心，成為勵志故事；若是悲劇收場，總想讓大家直視生命中的殘酷，省思人性中的粗鄙。

● 生活處境的不完美

　　在電影中，真正的英雄／主角通常都是不怎麼稱頭的出場；例如早年《終極警探》（*Die Hard*）系列的布魯斯‧威利，一出場就是酗酒、離婚、在警界被貶抑的狀態，但最後卻扭轉了炸彈危機，拯救了城市。而東方的武打電影，主角經常是名不見經傳或飽嘗社會打擊的年輕人，憑著真功夫或特殊的際遇而一戰成名。當然過程是很辛酸的，總是難免有一而再的挫敗，就算有點

小甜頭，大概也是為了拉大下一個更大挑戰的彈力空間。最典型的就是周星馳的《功夫》和《少林足球》，不只電影票房好，電視一再播映收視率也非常高。在他的電影中，主角是英雄，但絕不是那種高富帥的英雄，而是有著明顯缺陷的失敗者，甚至讓人覺得是個騙吃騙喝的街頭混混，但到了故事的最後，他們領悟了功夫的真諦，以一身絕技打敗惡人，給大家爭了一口氣。

就算好萊塢大片《星際效應》的太空人庫柏，他的出場也不是在風光的 NASA 或太空船裡，而是受氣候變遷影響面臨乾旱的小鎮，他是個內心痛苦的農夫，對於未來沒有出路、沒有希望，面對孩子更是充滿無力感。很難想像半小時之後，他就要升上太空，為人類尋找下一個安身之地。

生活處境的不完美，大概是所有戲劇故事中一定會出現的基調。最常見的不只是貧窮、困窘，還包括了失戀、失業、失婚、失學等等。近來非常轟動的電影《樂來越愛你》（*La La Land*）中，男女主角對於未來都懷抱著理想與憧憬，男主角對爵士樂有夢想，女主角對於劇場表演和創作有憧憬，但在現實生活中，兩人都懷才不遇，不得不向現實低頭，他們該如何朝向夢想前進呢？

這讓相愛的兩人備受考驗,而故事過程中所遭遇的種種打擊,以及對於堅持創作態度的試煉,都讓編劇找到下手機會,創造了選擇題,讓兩人走向了不同的道路……,最終的結局只能徒留記憶中的美好。

那麼,生在富裕人家就會不完美嗎?

當然,就算是生活在富貴人家也有許多的不完美,包括可能面臨的外遇、背叛,爾虞我詐的鬩牆、爭產,以及金錢換不回的健康、愛情、親情等。富豪等級的主角,也可能有心靈空虛、孤單、缺愛等不滿足,最經典的例子,當然就是電影《大國民》(*Citizen Kane*),主角肯恩死前留下最後一個字「rosebug」(玫瑰花蕾),記者用這個字展開調查,貫穿了整個故事,原來以為這可能是一大筆財產的密碼,也可能是情婦的代號,或是埋藏了見不得人的秘密,但沒想到這玫瑰花蕾的暗喻,在片尾揭曉時,真是再明白不過了,原來是這個富可敵國的老人,在兒時被迫和父母分開時,唯一帶走的雪橇上的字 Rosebug,直接暗示著他在臨死前對於愛的渴望!這也是他終其一生的功課。

● 社會性的不完美

之所以會以社會性分類，就是和社會價值觀有關，這樣的不完美當然也可以同時兼具前兩項的境況，讓主角的設定變得更為複雜。社會性的不完美，通常都是與作者企圖想傳遞的意識形態有關。例如在族群問題上，美國的黑人、印地安原住民，或其他地區的少數民族或部落，這類主角的身分經常是被歧視或被貼上標籤的，不管他們是多麼優秀。電影《白宮第一管家》（*The Butler*）或《關鍵少數》（*Hidden Figures*）中的三位黑人女科學家都是這類處境。

這樣的不完美，正是作者透過電影故事想要對抗的，因為這不完美不是來自主角自己搞砸的，也不是天生的缺陷，而是來自社會價值觀的歧視與敵意，或是歷史錯綜複雜的謬誤所造成的。

提到歷史的錯誤，一定不能忽略戰爭，二次大戰中德國屠殺猶太人事件，已經不知被創作出多少精彩的文學、音樂、戲劇作品。無論主角是德國軍官或猶太人，無論作者採何種觀點的論述，這個歷史創傷，都會讓故事中的人物面臨痛苦與反省，經典電影

如《辛德勒的名單》（*Schindler's List*）、《美麗人生》（*Life is Beautiful*）、《白色緞帶》（*The White Ribbon*）等等，太多了。

性別議題也是常被碰觸的創作題材，尤其近來以同志故事最為大宗，同志身分能否被社會或家庭接納／不接納，本身就是衝突。電影《模仿遊戲》（*The Imitation Game*）改編自一九五〇年代真實人物、科學家艾倫·圖靈的故事，他的解碼專業無人能及，協助英國政府破解納粹的密碼，而讓二次大戰提早結束的事蹟充滿了戲劇性，但因為他的同志身分曝光，在當時並不見容於社會，必須接受化學去勢，這讓他承受極大的痛苦，最後在電影中選擇自殺。雖然部分改編的故事情節被歷史研究者所質疑，認為是為了強調電影效果而偏離了史實，但可理解的是編劇所企圖加大的衝突，正是為了讓這社會性的不完美，得到更大的激越與共鳴！

還有一種社會性的不完美，一定要談到權力與階級的壓迫，2016 年獲得坎城影展金棕櫚獎的《我是布萊克》（*I, Daniel Blake*），正毫不避諱的挑戰了這個衝突。電影中即將退休的布萊克，一直很努力的工作，很認真的生活，對人和善富有正義感，但因心臟病發而無法工作，於是為了申請救濟金，經驗了一連串

荒謬的社會福利制度的折騰，卻始終沒有辦法得到幫助，只因為他不會用電腦，只因為執行單位的人員毫無人情可言，這些受盡苦難的邊緣人，彼此取暖還是無法改變現實的殘酷，最後這助人的制度最終成了幫兇，擊倒了布萊克。他最後留下的宣言，相當動人：

My name is Daniel Blake, I am a man, not a dog. As such I demand my rights. I demand you treat me with respect. I, Daniel Blake, am a citizen, nothing more, nothing less.

我的名字是丹尼爾・布萊克，我是人，不是狗。因此，我要求我的權利。我要求你尊重我。我，丹尼爾・布萊克，做為一個公民，既不奢求也不願妥協，如此而已。

主角當然不完美。就算他乍看完美，那也只是等著觀眾去揭開他的不完美，於是故事可以繼續往下走了……。主角將懷抱著他們的問題，準備接受挑戰。

主角背負著難題，或承受突來的考驗

主角不完美，讓故事接近了現實，靠近了觀眾。但如果主角出場是個完美的形象，或是身處令人嚮往的美好情境，那也別無他法，他肯定要遇到麻煩了！誰叫主角總是必須要背負著難題，承受嚴峻的考驗。

難題，一般粗分為情感難題和外部難題。越難越好，馬上就有解答或得到解藥的難題是不及格的，難題不需要是大事件，重點是要能牽制，要牽制住主角人生的前進。

● 情感難題

情感難題不外乎愛情、親情、友情的試煉，既然稱之為難題，勢必不是快樂的事，大多是分離、背叛、失去、誤解、不被接納等等的情節設定。這部分也近乎是真實人生的反映，人生不如意事十之八九，其中最折騰人的就是情傷。

例如外遇故事的經典，也是驚悚片的代表，許多人大概都會想起《致命的吸引力》（*Fatal Attraction*）。男主角 Dan 原本趁

老婆不在家，想找個一夜情對象打發無聊的夜晚，沒想到這金髮女人 Alex，有著近乎邊緣人格的特質，她沒辦法忍受男人事後拋棄她，於是化身為租屋房客，想盡辦法走進男人的家庭，認識他的妻子、女兒……，最後為了佔有他而引發殺機。

這故事並不複雜，單一線發展到底，男主角原本事業與家庭看似美好，但一個外遇插曲，就讓人生見了血光，陷入莫大的恐懼之中。

就算不說畸戀，回歸美好戀情的追尋，也難免遇到失戀。光是灑下「失戀」這顆種子，也可以長出好多故事，例如：

- 失戀，讓我們學會如何放手。
- 放不了手，那就要努力挽回愛情！
- 挽回不了，可能會遇上新戀情呀！
- 新戀情觸礁，還是回到舊情人好。

這些發展和脈絡，是不是會讓我們想起身邊真實的故事，或是電影中的情節呢。失戀當下，痛不欲生的人很多，這樣的情感

記憶相當強烈，因而愛情故事總是小說、電影的不敗主題，無論是通俗的類型電影或藝術電影，都不能失去對愛的追尋，只是探討的層次不同，類型電影通常著重於結果，主角最後選擇了誰？能不能破鏡重圓？他們會幸福嗎？

但在許多強調內容與藝術表現的電影中，作者在乎的是探討愛的本質，更多時候愛情已成了文學與哲學性的對話，甚至還要面對性與慾的挑釁。這時候故事的難題，誰都給不出簡單的答案，有時候表面設計出的難題只是為了打造一個舞台，帶出更難解的人性提問。

獲得坎城金棕櫚獎的《愛·慕》（*Amour*），情節再單純不過了：深愛著彼此的老夫妻如何面對突如而來的疾病考驗，老先生看著妻子不斷為病所苦，失憶、衰弱，失去行為能力……，眼睜睜看著愛人承受病苦的折磨，他不願她孤單的被送到療養院，自己卻越來越沒有能力照顧她，該怎麼辦呢？

回到重點，美麗的愛情從來就不是一件簡單的事。真實世界亦如此，**戲劇**世界也一樣。

至於親情的難題，總是容易伴隨著生老病死的難題，或是權力的控制和轉移。《愛‧慕》最後碰觸到的生死選擇，就是一個無解的難題。日本電影《告白》，老師的女兒被發現溺斃在泳池裡，她為了找出害死孩子的兇手，於是對全班展開了一場報復行動……。是枝裕和導演的《海街日記》（*Our Little Sister*），故事一開始就是已經外遇再婚的老父親去世，留給三個姊妹一個新妹妹，這四個姊妹該如何生活在一起？上一代的恩怨，會不會影響他們的生活？當然，三位姊姊也有著各自的愛情難題。

　　還有一部相當精彩的電影《分居風暴》（*A Separation*），它囊括了許多編劇大獎，其中人物設計最為精彩之處，就是彼此的難題環環相扣。故事一開始是一對夫妻（男女主角）要離婚，太太想要移民，男人不願意，因為不忍拋下失智的老父親，但女人非走不可，是為了更好的生活和孩子的教育。而前來照顧老父的女幫傭，除了有個脾氣暴躁的失業丈夫外，照顧老人的過程中又遇到伊斯蘭教的禁忌，不能接觸非丈夫之外的裸身男人（她要幫失去行為能力的老人洗澡）……。每個人都有難題，一連串的麻煩，又環環相扣成一個死結，要如何解套呢？就是這部電影要你思考的。

愛情、親情、婚姻、孝道、宗教矛盾、社會壓力、階級歧視、真實與謊言，種種難題幾乎要將一個家撕裂。

家庭的崩解令人痛苦。從莎士比亞的戲劇到經典電影故事，一直都是常見的題材，也是千百年來難解的習題。

你有沒有想過，愛情難題中，考驗的經常是相愛的人為何不能在一起？越是不能相愛，越要努力的在一起；但在家庭難題中，探討的卻經常是一個家庭如何從幸福中崩解？每個人都有不同的理由想要逃離……，這兩種難題之所向，彷彿是 180 度不同指向的雙箭頭，到底哪個方向才是人們應該追尋的幸福？這問題超乎了戲劇故事的設定，是 120 分鐘的電影故事沒法處理的人生問題。於是童話故事總是巧妙地把故事結局收尾在：他們結婚了，過著幸福快樂的生活，也是有其緣故的。就這樣，故事不能再演下去了。這是現實與虛構的一大差別，現實的故事麻煩而且複雜多了。

最後還有一道情感難題也是難解。就是跟自己過不去，關乎自我否定與追尋。

前一章提過的《八月心風暴》，就是在每個角色上加諸了各種情感難題，大姊的丈夫外遇愛上女學生，二姊愛上小表弟（糟的是後來證明是親弟弟），三妹愛上花心男，老爸因年輕時與小姨子發生不倫戀，終其一生愧疚自責，母親則將妒意、恨意變成自我折磨，刻薄地對待身邊的人……，一整個全是難題纏繞。母親跟自己過不去，也壓抑了所有的家人，於是每個人都將各自的困境變成了秘密。當秘密被一一揭露時，無一倖免的，這個家庭建構的假象也隨之崩毀。

最後大姊也受不了開著車離開家，當她將車停在路邊，看著一望無邊的荒漠，從含淚的表情，慢慢地轉為一抹似笑非笑的微笑時，或許也是她卸下心房、接納自己不完美的開始吧！

● 外部難題

外部的難題，意外情節的設計經常是大宗。例如遇到車禍、公司突然倒閉、發生爆炸案、恐龍跑出來了、出現殭屍等等，於是主角除了必須解決難題，還要尋求出路。

另外有關環境難題，如《明天過後》(*The Day After Tomorrow*)、

《2012》談環境和氣候的變遷；政治壓迫如台灣的經典電影《悲情城市》、《超級大國民》，談的是二二八事件和白色恐怖時期的故事；近年來許多關於難民主題的故事，也反映了現實世界中，在戰爭迫害下人民的遷徙與困境。

關於外部難題的狀況，主角比較多是被動的被拉進事件中，然後得想辦法擺脫難題。

很容易解釋的故事，例如經典電影《侏羅紀公園》（*Jurassic Park*），原本主角之一的老爺爺創建了一個恐龍樂園，就在開幕前邀集了主角群（包括兩個孫子和三位科學家）率先體驗，但因有面臨財務危機的員工想偷恐龍胚胎，而將防護網的供電系統給關閉了，更糟的是又意外死亡，導致電力無法恢復，因此所有人都深陷恐龍危機中。如何活著離開，就成了他們在電影中的唯一目標。

這類的危機事件，在好萊塢的電影中比比皆是，如搭飛機遇到劫機、出去玩碰到恐怖攻擊、買房子選到鬼屋等，真是不勝枚舉。

這種外部危機的安排，也經常用在喜劇故事上，例如同樣是史蒂芬・史匹柏導演的《航站情緣》（*The Terminal*），湯姆・漢克飾演的主角艾佛列，為了一圓父親的心願，因此前往美國，沒想到在飛行途中他的國家發生政變，原政府被推翻，導致他所持的護照不被美國當局所承認，不但被拒絕入境，也不能回到自己的國家，只能尷尬的滯留在甘迺迪機場，這坐困機場航站的困境，卻接續發生了一連串充滿友情激勵與愛情萌生的故事，走不出機場的難題，他能圓滿父親的遺願嗎？他能與心愛的女人在一起嗎？

　　這就是故事。

　　還有一部浪漫愛情喜劇《愛情限時簽》（*The Proposal*），也是2009 年年度賣座冠軍，劇中女主角泰特是公司的高級主管，由於她的加拿大簽證過期，即將被驅逐出境，即使一年後可再申請入境，但可能會失去現在的職位。她急中生智，想以結婚來規避被遣返的命運，於是找來下屬帕克斯頓假扮自己的未婚夫，且為了避免被移民局官員識破，兩人還一起到男主角阿拉斯加的老家去給奶奶祝壽並結婚。職場女強人為了保住工作而選擇假結婚，婚

姻真的能交換嗎？謊言下的愛情是真愛嗎？假戲真做後，該如何面對自己的下屬和伴侶？

這也是故事。

台灣的賣座電影《海角七號》，主角阿嘉也是遇到了一個大難題，他在陰錯陽差下，竟然帶領一群烏合之眾的樂手參加音樂祭演出。每個樂手都各有性格上的罩門與生活的難題，兜在一塊更是一團混亂，隨著音樂祭時間逼近，他們會成功嗎？阿嘉又愛上了看似帶給他難題的日籍女經紀人，他們的愛情會有結果嗎？

這故事很受歡迎。

遇到難題，是戲劇故事的必然。無論是要挽救婚姻，拯救地球，解除炸彈，還是完成夢想……都必須面對。**主角本身的不完美，或是人生中遇到了考驗與難題，其實都不出一個重要的戲劇概念，就是：他要遭受苦難。角色在遭受苦難的過程中要如何掙脫？他願意為達目的做什麼樣的犧牲？他會做出什麼選擇？問題越難心裡越煎熬，心裡越煎熬角色越是精彩，人性的複雜就越能被層層剖析。**

這正是故事的秘密之一。

主角必須有一個明確的慾望／目標

在一般大眾容易接受的故事中，主角為了完成夢想、達到目的，或解除危機，都必須要有明確的目標，這目標通常也是引領故事前進的方向。

例如：

《魔戒》一行遠征軍的終極目標，就是要把象徵慾望充滿魔力的魔戒丟到火山口裡，因為惟有這樣才能消滅魔王。

《哈利波特》系列小說／電影，等待的就是哈利波特要憑藉著愛、勇氣、友情來打敗佛地魔，各式魔法的施展和魔獸、壞人的設計，都是為了試煉決心與意志力。

《屍速列車》不管殭屍有多少，如何從四面八方湧過來，一一消滅了角色，但就是有一個意志要逃往釜山，因為大家相信抵達釜山可能就會有活路，於是釜山行成為故事前進的方向。

《我是布萊克》故事裡，布萊克就是要得到失業救濟金，因為他有心臟病不能工作。

　　但這個設定中的目標，並不是故事真正的目的，它們通常只是一個誘餌，為故事創造一條路徑，或一個展示舞台，讓故事中真正要探討的內涵，透過路徑上的荊棘、敵人，或是各種挑戰，得以理所當然的展現。

　　就像《我是布萊克》故事中的設定目標，就是要領失業救濟金，但故事真正想說的是：他為什麼領不到？

　　不管他有多麼正當的理由，但不合情理的制度和官僚的執行者，就是有辦法製造出各種現實阻礙，讓他無法達成目的。哪怕是卑微的社會福利基本權利都得不到，甚至還處處遭受到屈辱。透過這一連串的障礙實，所產生的痛苦與沮喪，小足導演（同時也是編劇）想要丟給觀眾思考反省的故事意義：這個社會有一個不尊重人的社會福利制度，這是一個失掉人性的官僚殺人事件。

　　至於在《屍速列車》上，這例子再明白不過，就像火車行進的鐵軌，帶著大家一路前進，沒有退路。故事表面上的目標是

要搭上活命列車逃往釜山，但這行進的恐怖路程才是真正的大舞台，殭屍不斷的攻擊人，人又不斷地變成殭屍，然後活人越來越少，所以想要活下來應該要不擇手段踩在別人的犧牲上？還是要團結、信任，互相幫助？

這問題很老套，但是透過這個殘酷的生死戰場，故事真正的目的於是浮現，讓你看見人性中的善惡抉擇？思考什麼是真愛？揭露政府與既得利益者的真相……看完電影後，不禁讓人感嘆人性何其脆弱呀！

所以給主角一個明確的目標是重要的，但這不是故事的目的，而是透過邁向目的的過程中的艱難遭遇，讓我們思考故事中所要透露的價值與內涵。無論是尋愛、尋寶，還是求生、殺敵、復國，都是製造戲劇張力的一種手段，但**真正對於人性的刻畫與剖析，都是隱藏在戲劇過程裡，藉由衝突與壓迫、抉擇與放手，讓真正的主題呼之欲出。**

主角的性格會影響他的命運

性格影響命運。

白話的說,就是人性的弱點很可怕。每個人的性格都有優點缺點,每一個個體又因為他的成長背景、人格養成而各有特色,性格的不同讓我們在人際交往、對抗壓力、面對抉擇時,都可能產生不同的反應和行為。因此生命的劇本就有了不同的風景。

以星座性格的舉例或許更容易明白。例如在抉擇點上不顧一切勇往直前的牡羊座,猶豫再三錯失良機的天秤座,咬緊牙關堅持到最後一刻的摩羯座,隨風而去滄海一聲笑的射手座……如果這幾個人是一群朋友,遇到敵人來襲,必須做出重大決定時,或許就會產生截然不同的命運路線,而有了不同的故事發展和結局。

所以,性格在不知不覺中堆疊了一個人的樣貌,遇到難題考驗時,有時一個關鍵弱點就足以成為致命傷,成為壓倒駱駝的最後一根稻草,這部分與其舉電影故事作為例子,不如大家把觀察

的放大鏡轉向自己和周遭的親朋好友，或許更為鮮明。

- 越是慾望所在，越是有可被攻破的罩門。
- 越貪心的人，越容易一無所有。
- 越是猜忌懷疑的人，越容易被背叛。
- 越是驕傲的人，越是要面臨徹底的失敗。
- 越是懦弱的人，越是要給他困難挑戰。

　　……

以上，每一種狀況都可能創造出一場悲劇的誕生。

　　在佛法中對於人性的剖析相當精闢，也可以作為想要分析人性、建立角色的故事人參考。例如人性中常見的五大障礙「貪、瞋、癡、慢、疑」，還有五個常常誘惑我們的大魔考「財、色、名、食、睡」，真是精彩極了，一旦交織起來還真要命。

　　人生不就這樣嗎，想想複雜，說穿了也不難理解。對一個寫故事的人來說，這也是一種必要的參透與學習，畢竟我們寫的都是人的故事。就算主角成了《動物方程式》（Zootopia）中的動

物們，那些對於動物性格的塑造，何嘗不是人性的一一投射，只是讓角色換上了可愛動物的外衣而已。

因此想要說故事、寫故事的人，絕對不能忽略對於角色的設計和刻畫，如同我們在現實中是如此地打造自己的命運，何以在戲劇中顯得含糊不清呢！許多初學者喜歡寫大起大落的悲劇事件，看起來相當熱鬧和激情，卻對刻畫個人悲劇性的細節缺少琢磨，而讓故事難以產生深刻的共鳴。

當然，性格中有缺點也會有優點，優點有何用呢？很簡單呀！兩個簡單提醒：一是創造個人魅力，二是解除危機用。

一定要注意，主角可以犯錯，可以有缺點，但千萬不要讓人討厭，他一定還是要有人性本善的一面，或是沒有功勞也有苦勞的付出，這部分都可以是他優點的展現。另一方面，故事中要盡量減少沒必要的設定，因此故事中既已出現的元素，也務必要善用之。例如主角的優點，無論是憨厚無爭、與人為善、毅力過人、誠實無欺、勇敢無私、熱心助人、充滿正義感等等，這些關鍵設定，雖然無需時時提醒（說多就變宣傳片了），卻可能是重要時刻的致勝關鍵或救命靈丹。

主角歷經成長與蛻變並重新找到新的平衡

最後這兩項可以一起討論，也是大多數主角要走完故事，應該要發生的蛻變階段。若是說到劇情結構（後面章節再細談）時，在故事後半段應該就是所有難題試煉的最高潮，不管是愛的考驗或敵人的威脅，還是生死的抉擇與現實的打擊……。有沒有人會想，人為什麼要這麼苦呀？怎麼越來越難解，越來越危險？

現在必須要揭穿一個故事的秘密，就是前面設計了那麼多障礙，無論是情節衝突，或人物遇到的種種難題，讓主角不完美的暴露在危險之中，當然不是單純為了找主角麻煩，最後真正的目的，說穿了就是要逼迫主角改變！

對，就是改變。

也就是讓主角變得更成熟。經歷過種種考驗，暴露出內在的缺陷與弱點後，若還要讓故事朝著目標前進，甚至還能夠扭轉乾坤，那主角就必須要成長！所以主角的改變很重要。有改變才有契機，如果什麼都不變，那就沒戲可唱了。

- 做錯事的人：需要反省悔過，付出代價。
- 膽小懦弱的人：必須變得勇敢。
- 貪婪的人：要學會布施幫助別人。
- 茫然沒有目標的人：要找到自我存在價值。
- 不懂愛的人：要體會到愛的真諦。
- 被愛蒙蔽的人：要清醒過來。
- 猜忌沒安全感的人：必須學會信任，並且被信任。
- 驕傲的人：要學習謙卑並道歉。
- 受束縛的人：要得到解脫。
- 迷失的人：重新找回自己。

　　故事的結局當然不可能都是圓滿的。所以在改變的過程中，你會發現要讓結局美好，通常在主角「改變」過後，也必須讓受到傷害的人或事件／世界能夠得到平反。反之，如果不是快樂結局，而是希望發人深省，或是悲劇收場的故事，經常是這樣：

- 改變中，但為時已晚，徒留深深地懊悔。
- 改變了，只為了告慰在天之靈。

- 無能為力改變，眼睜睜的看著一切墜落。
- 嚥下最後一口氣，才知道要改變。

把最後那一聲對於生命的嘆息，留給觀眾。

主角到了最後，常因為「改變」而有了人生新局，可能是重新贏回真愛，或是終於度過危機，要不狠下心千山我獨行，或是決定邁向下一段旅程……**無論故事做了什麼樣的結局設定，都好像是盆子裡動盪的水，在餘波盪漾之後會找到新的平衡，也是心的平衡。**

最後這一筆收尾很重要，如同心境上的最後一記共鳴，絕對超越了表面情節上的抵達目標而已。

這一章提到了主角的創造與歷程，在一個故事中要成就主角的價值，還有一個重要條件不能漏掉，就是他的「對手」，厲害的對手絕對是一個好故事中的重要條件。他，可能是各式各樣的壞人模型，也可能是壞的制度，或惡劣的氣候，甚至是壞殭屍、壞恐龍，但最讓人生氣的，莫過於披著好人外衣的敵人吧！

關於戲劇性衝突的秘密，在下一章繼續揭密～

第三章

戲劇性就是衝突

衝突很重要，是劇情發展的推進器，就像汽車要行進，得靠輪胎轉動與地面產生的摩擦力。前面篇章中提到的「難題」，像是故事設定的風味菜單，但「衝突」卻是舌尖上酸甜苦辣的咀嚼滋味，直接的，細膩的，感官的，也直接挑戰著看故事的人。

那到底什麼是衝突？可以簡單的理解，就是製造無法預期或與期待相違背的行為、情感的干擾。衝突，讓原本單純的事變複雜了，安全的事變危險了，圓滿的事變殘缺了，平淡的事變困難了……於是原本預設讓觀眾或讀者以為要前進的故事線，可能產生了變化，或是走上不可預知的岔路。因此衝突的產生，不只讓過程變得更加艱辛，也會強化主要角色，讓他們有更多機會面對自己的問題／弱點，也會有更多的省思空間。

最後為了完成任務，就必須讓角色展現更多的實力和努力，或是額外的付出才行，而這不就是戲劇性所在嗎？！

例如：

● 前一晚就記掛著一定要準時到達考場應試，路上卻可能遭

遇車禍或摔斷了腿。

● 蜜月旅行的飛機上出現了蛇、炸彈，或好久不見的前任情人。

● 已經準備好印喜帖了，突然發現有女人傳來曖昧簡訊。

● 原本完美的計畫，卻因為一個人的貪念而出了差錯。

● 以為要慶祝生日，竟然樂極生悲喝醉酒發生意外。

● 中了樂透彩，彩券卻被弄丟了。

● 好不容易有治療絕症的解藥，卻買不起或得不到。

　　……

　　這些情節不只在電影故事中不陌生，更在日常生活中時有所聞，畢竟人生不如意事十之八九，不正是這些意想不到的麻煩和衝突嗎？

　　義大利金像獎電影《完美陌生人》（*Perfect Strangers*），看過的人應該印象深刻，這個電影故事，基本上就是藉由一連串的衝突來把原來四對看似和諧美滿的情人／夫妻關係打破，讓觀眾看見真相如何被一一揭露。原本是一場歡樂的朋友聚會，因為其中一個人的新女友沒有出現，因此讓大家從調侃他，進而玩起公

開手機的遊戲，就是每個人必須交出自己的手機，飯局間只要有任何電話或簡訊，都必須完全公開給大家知道……

眼前熟悉的朋友、親暱的情人，禁得起檢驗嗎？

當然不，每個人都有他的秘密。

編劇和導演讓你以為理所當然的情節都非真相，每個角色在伴侶關係中，都暗藏著不滿與危機、謊言與欺瞞，最後該如何來收拾善後呢？而唯一沒有陷入桃色風波的男人（女伴沒來），也無可避免的揭露了自己的謊言，就是他那條件非常好的女朋友，其實也是編造出來的，他真正愛上的是一個男人，因為不確定是否能被大家接受，因此還是不敢邀男伴出席……

這故事考驗著愛情，也考驗著友情，更試煉著人性，就在一場餐敘之間，一部精彩的電影故事於是誕生。

又如奇士勞斯基的經典電影《藍色情挑》，一開場就是一場車禍，音樂家茱莉失去了摯愛的先生與孩子，人生該怎麼往下走？好不容易從鬼門關走了過來，卻哀莫大於心死，於是她選擇

放棄掉過往的記憶和生活，只帶著一串藍色的水晶風鈴離開。這部電影是導演「藍白紅」三色電影之一的藍，藍象徵的是自由。

故事破題，從一場意外車禍開始，探討女主角在創傷後，如何找到自己的真正自由。初始她絕望的捨棄掉與過去生命的所有連結，包含她的創作，但這是自由嗎？接下來一連串的新生活，讓她認識了新的朋友，也遭遇到各種大大小小的衝突，這些不如預期一再的將她拉回現實世界，最後當她和先生未完成的共同創作被朋友接手過去，然後發現了先生的外遇情人竟然還懷著遺腹子……她那封閉的心還能塵封不動嗎？

寬容與放下是茱莉的大難題，但透過故事中一連串的衝突設計，讓我們看見這整個過程中，她的悲傷不至於只有一種面貌，若心如止水，那故事豈不原地凝止了嗎！

衝突的產生，讓我們有機會觸碰到茱莉內心底層的痛楚與寂寞，還包括恐懼。甚至在故事的副線上，她和一位當脫衣舞孃的鄰居成為好友，從陌生到互助，原本她們在生活階級上的差別，在現實中應該是毫無交集的，卻在生命的困局中，讓彼此觀看到

了對方的脆弱，進而互相成為彼此的支持。

　　因此在這個故事中，每一個衝突的設計，都在創造茱莉的「面對」，讓她邁向自由的標旗。但真有自由嗎？最後的結局，我們看見了每個角色還是在他們的生活中繼續前進，顯然導演並不願意讓我們輕易得到解答，反而是把答案拋給觀眾自己去體悟。

　　如果寫的是大眾故事，那在經營戲劇衝突的思維裡，則有一個很重要的前提是不能漏掉的，就是「敵人／對手」的設計。要能有層出不窮的衝突出現，敵人／對手的存在是很重要的，尤其對手越強大越好，在冒險或英雄電影中，對手肯定要武功高強，甚至在一開始一定要強過主角，這樣主角未來逆轉勝的戲劇性才夠吸引人。因為身為弱者的主角，要能夠打敗比他強大的敵人，肯定要去拜師學藝，或是要取得武功秘笈，經過一連串的訓練跟挫敗，然後憑藉著他的天份＋努力＋勇敢＋善良⇒終於打敗對手。（這般情節是不是讓大家想起好多故事呢！）

　　還有一種對手的厲害或許不是有形的強大，而是人性上的魔

性得要夠強，貪瞋癡的癡狂程度要有足夠的破壞力，或是糾纏程度要讓人發狂。這樣的對手所延伸出的大小衝突，也夠主角受的。一定要提的當然就是蝙蝠俠電影中的小丑，尤其是在《黑暗騎士》（*The Dark Knight*）中，希斯·萊傑扮演的小丑堪稱經典。在電影中小丑瘋狂又邪惡，是個超級的智慧型罪犯，他設計衝突讓主角完全被耍得團團轉，毫無招架之力。當然，這部電影的精彩之處，還包括在劇本上對於角色的定位與探討，誰代表正義？誰是惡人？關於這部分會在下一章細說。

回到衝突的設計，歸納了幾種常見的衝突情節：

我要活下去！安身立命的衝突

活著，是最基本的生存本能，凡要生命受到威脅，人便會盡一切可能反擊或想盡辦法求生，因此在戲劇情節中，讓角色遭遇生死威脅或意外，甚至只是遭遇到死亡的恐懼，就足以創造十足緊張的橋段。大從環境與外力的壓迫，小從某種疾病或一張暗示的紙條，都能讓角色原定的路線產生變化，而增加戲劇的張力。

史蒂芬金有一部驚悚小說《戰慄遊戲》（*Misery*）改編成電影，故事中的主角是一位暢銷作家，他的系列小說賣得非常好，深受讀者的愛戴，但作家卻不滿意這樣的創作，雖然滿足了讀者，卻讓他覺得文學價值遭貶抑，因此非常希望終結這個系列小說。就在他寫完最後一集離開旅館時，卻遇上大風雪，車子打滑發生了意外，他重傷昏迷……後來被一位中年女性救回家，沒想到這女人竟是他的鐵粉，她完全沒辦法接受作家將系列小說中的女主角賜死，因此以照顧為由，要他重新寫一本新的結局。

於是作家想逃，女人想要囚禁他，就在那間屋子裡，展開了一連串壓迫與逃亡的衝突情節。故事線相當簡單，就連禁閉的空間都簡單到讓人焦慮，但作家如何才能脫逃而不死於女粉絲之手？整部電影真是令人屏息、緊張連連。

想要活下去！在災難電影中更是百分百的戲劇衝突，例如電影《明天過後》是標準的好萊塢三幕式劇本（會在第六章說明）故事，在第一段的鋪陳中，直接告訴觀眾可怕的氣候危機要來了，但衝突是政府官員卻都不聽，衝突是男主角的孩子正處在危險的地方，也來不及撤退。進入了劇情的第二階段，則是一連串為了

活命的衝突，恐怖氣旋所到之處立即冰封大地，人們只能想盡辦法的逃離／躲避，後來有一群人進到了圖書館，還是不免為了自保活命而產生各種人性上的衝突，就是外有冰雪，內有自私的人，因此如何才能活下去，真是緊張扣人心弦啊！

最後的活命絕招，沒想到竟然是在圖書館中最大的反諷──燒書。作者此時在故事背後想說的喻意實在沉重。

期待落空與心理預期的衝突

每個人對於自己的未來，甚或關注的事件都會有所期待與規劃，當然大都會往好處想，可是偏偏期待的又經常和實際發生的狀況不一樣，造成這種事與願違的各種原因和行為都是衝突。

這類衝突的原因可能是根本沒看清真相，而讓期待過高，落空或遭受打擊當然就不足為奇了。例如改編自真人故事的電影《走音天后》（*Florence Foster Jenkins*），想起梅莉·史翠普的天嗓了嗎？故事難題是她飾演的富婆佛羅倫斯有一副很糟的歌喉，但卻妄想登上舞台成為女高音，而且還堅持的努力往目標邁

進。在這個看似荒謬的故事裡，天真爛漫的女主角可是很認真的唱歌，而她的愛人也一直利用金錢的操作，買通各個環節，在背後支持著她讓她圓夢。不斷遮掩的真相，用錢買通的假象，就產生了一連串的故事衝突，然後讓大家眼睜睜地看著謊言的氣球如何被撐破，而讓殘酷的真相劃下悲劇的休止符。雖然她的唱片還真的賣得很好。

當然還有一種常見的失落，是被打擊了。例如：

- 以為燭光晚餐中他要求婚，沒想到說的竟是愛上別人了，讓女主角崩潰。
- 以為抵達目的就能得到獎賞，結果發現是一場騙局，幻想破滅了。
- 以為努力就能獲致成功，卻被權勢之徒給佔走了好處，繼而憤世嫉俗。
- 以為你相信的是好人，沒想到卻被偽君子騙了，於是展開復仇計畫。
- 以為爸爸會來看演出／球賽，但他卻忙的忘了，讓孩子烙下了陰影。

- 以為新領導人會帶來改革，沒想到他竟被權力沖昏頭，於
  是想要推翻他。

  ……

　　這類的情節設計相當普遍，這麼轉折一下的劇情衝突發展，
提供了主要角色進行下一個行動的合理動機，設計上相當重要。
畢竟凡事必有因，沒有衝突何來進步與毀壞呢！

世俗（道德／價值觀）的衝突

　　這類的戲劇衝突更是常見，在連續劇中也常是必然的衝突之
一。但大抵不出「金錢物質觀」、「權勢階級觀」、「傳統倫理觀」
這三大項。處理這類衝突時，一定要瞭解在人口結構上，有錢有
權之人畢竟都是少數，是金字塔上的頂端，而大眾娛樂早已脫離
了為貴族服務的年代，現在會來買小說、買電影票的基本觀眾，
是金字塔的最大基礎面，因而在戲劇故事的價值觀上，對於金錢
權勢與階級官僚多有反省與挑戰，因為那是最大多數人在現實生
活中得每天面對的正義追求。

● 在金錢物質觀上

　　社會的世俗價值是相信金錢萬能，有錢能使鬼推磨，但偏偏有許多東西是錢買不到的，比方說自由、真愛、健康、時間、快樂等等。所以不斷追逐金錢的人，最有可能以金錢壓迫他人，製造他人的衝突與危機。而他個人最大的衝突就是他最需要的東西，偏偏又是金錢買不到，或是他會嚐到一無所有的惡果。

　　故事中的主角，通常都會超越金錢對他的控制，選擇反抗或是非金錢價值（心靈層面）的追求。

● 在權勢階級觀念上

　　現實的資本主義社會中，掌權的大位者是人人想往上爬的指標，就連不少教育單位也以此鼓勵同學，當大官、CEO、醫師、律師等都是讀書升學爬上高峰的人生目標。但矛盾的是，大多數的人內心期待的普世價值卻是自由平等，極力想去除階級化。想來矛盾也很諷刺，所以當然要在戲劇故事中解決這種矛盾，那就顛覆吧！就像電影《侏羅紀公園》中，第一個被恐龍一口吃掉的人，他的職業就是律師，就是當恐龍出現時，棄孩子於不顧、而

只想自己逃命的人，那就讓恐龍消滅他吧！真是大快人心。

　　至於官僚或是居於上位者，也經常都是被安排成壓迫者，讓主角飽受其折磨，或因其傷害而鍛鍊出超強意志，當然也有悲劇收場的，如同電影《我是布萊克》看完後，讓觀眾對於僵化的體制與缺少同理的官僚深惡痛絕。至於去階級和平等議題上，不只是上對下，還包括了種族與膚色間的壓迫，以及性別上的歧視等等。

　　因此在這衝突項目下的主角，必定要有一顆悲天憫人的良善之心，還要有羅賓漢的俠盜之氣，才能讓在現實中受挫的觀眾消消氣，並懷抱著在殘酷現實中的一絲希望，走出電影院。

● **在傳統的倫理觀念上**

　　在傳統的約束下，其實反的就是保守勢力。這部分的衝突，最常見的就是不聽爸媽的話，對抗家族的保守和傳統的禮教。想想《梁山伯與祝英台》、《羅密歐與茱麗葉》的悲劇，不就是最大的代表作！在故事中年輕戀人都被擊敗了，也都雙雙殉情了。但在戲劇故事上愛情其實是勝利了，因為它讓觀眾含著淚思考為

何相愛不能在一起？該不該反抗家庭的束縛與父母的壓迫？為什麼一定要門當戶對呢？

溫莎公爵（愛德華八世）不愛江山愛美人，堅持要與離過婚又風評不佳的愛人結婚，甚至即位一年就放棄王位，現實中很多人覺得他太傻，卻又嚮往他為愛甘願放棄王位的灑脫。雖然英國王室和當時的民眾對此作為是相當不以為然的。然而有趣的是，繼位者是溫莎公爵的弟弟喬治六世（現任英國女王伊麗莎白二世的父親），他從小內向並有嚴重的口吃，這對於要接大位當國王又是一個大衝擊，甚至還被父親要求要公開演講，真是讓他幾近崩潰，於是一段喬治六世與他的語言治療師的故事又被改編成電影《王者之聲》（*The King's Speech*），還一舉囊括了奧斯卡最佳劇情片、最佳男主角和最佳劇本獎。

而這種對於傳統價值的反抗，時至今日，更多時候是在多元性別的議題上發酵，例如同性戀能不能被社會接納？如何被平等對待？也成了故事上的熱門衝突。

難以預料的意外衝突

　　既然會稱作意外，就非意料之內，當然是製造衝突的好幫手。常見的車禍或外力傷害，總會改變了主要角色的原來路徑，而讓故事發展變得更加複雜。這類意外衝突有時不需要有原因，可以是天外飛來橫禍，也可能是不小心的失誤，但越是沒道理的差錯，影響力通常也很短暫，目的只是為了創造一個岔路，讓角色接下來可以有所改變。因此編劇圈裡有個笑話，就是寫故事卡住了，那就讓主角出個車禍吧！讓大家在戲裡至少可以忙上一陣子。

　　但還有一種意外衝突，更讓人深刻，就是創造生命中的意外困境。例如伊朗導演阿斯哈・法哈蒂的兩部電影《分居風暴》和《新居風暴》不只接連奪下兩座奧斯卡最佳外語片，還橫掃國際影展的重要獎項和劇本獎。他筆下的故事沒有特效，也沒有怪物，就是扎扎實實的生活寫實故事，而且從故事啟動就是一連串意外衝突不斷的積累，讓角色在電影現實中無法掌控命運的發展，以致不可收拾。

例如在第二章提過的《分居風暴》，故事從兩位主角想要離婚開始，接下來發生的劇情就是一連串的錯誤插曲，讓原本已經難解的問題，更一一陷入死胡同。當老婆想要為了新生活而離去，男人該如何照顧失智的父親跟小女兒？更糟的是，找來的幫傭又遇到宗教信仰與先生失業的問題，加上失智的老人狀況層出不窮，都讓所有人為之困擾，女幫傭也因為懷孕又意外流產，讓困境更是雪上加霜，到底誰該為這場風暴負責呢？故事中的每一個環節都是衝突。

　　而在《新居風暴》（The Salesman）故事中，同樣從一場不預期的地震開始，讓男女主角（夫妻，同時是劇場演員）的房子受損，必須搬到新的住所，沒想到好不容易安定下來，一方面他們參與的劇作《推銷員之死》也在映演中，看似平靜的日子，有一天女主角拉娜卻在新居遭到外人的襲擊，而身心受創……故事便如滾雪球般一發不可收拾，男主角伊瑪德為了找出兇手並報復他，開始陷入半瘋狂的狀態，原本溫和風趣的老師，變得抑鬱而憤怒，美麗又有自信的女演員也完全陷入恐懼之中，兩人的婚姻岌岌可危。但更大的問題來了，伊德瑪終於發現了加害兇手，出

乎意料的竟然是個患有心臟病的老人，他該如何復仇？

　　置兇手於死地是最好的報復嗎？讓兇手伏法能改善他們破碎的生活嗎？為何拉娜在最後一刻要先生放走那個心臟病發作的老人？甚至不惜提出離婚要脅？男人害怕問，女人不想說的被性侵過程，如何壓迫著相愛的兩人？

　　導演善於讓每個角色陷入意外的困境，這困境就是他們的戲劇衝突，讓一切變得更糟、更複雜，然後連觀眾都焦慮著急的想不出該怎麼解決才好！而戲中劇場的安排（同是電影英文劇名），當然也是這場悲劇的重要暗示。

文化差異的衝突

　　文化差異最容易凸顯的衝突就是誤解，因為不瞭解而產生誤解，然後促使了更進一步的了解。

　　在許多類型電影中，很喜歡拿這樣的差異當笑話使用，尤其是東西方文化的差異，好萊塢電影常調侃東方或中國的習俗或食

物，而東方電影很喜歡開阿豆仔的語言玩笑，更甚者則讓成龍與西方警探合作一起破案，中間除了面對真正的壞蛋之外，大多數時間都在解決兩人思想、行為、認知上的種種文化差異。

挑戰文化差異的劇情設計，很容易出現獵奇的心態，最誇張的原型大概是 1980 年的電影《上帝也瘋狂》（*The Gods Must Be Crazy*），反諷現代社會與原始部落的觀念差異。有一天部落裡的人突然撿到一個從天上掉下來的瓶子（可口可樂），從一開始的好奇，到最後引發了紛爭，於是大家決定將這不祥之物丟棄到世界的盡頭，以期拋掉厄運。但負責這個任務的族人，卻在路上遇到了一連串事件，與文明世界的接觸真不好玩，可以說相當驚險，後來還介入了游擊隊的爭戰中。當然，最終這邪惡的瓶子還是被丟掉了，結束了這段荒謬的旅程。

不過隨著族群意識逐漸抬頭，以及更多尊重多元文化／異文化的聲浪，類似這樣以文化差異作為反諷衝突的劇情，應該要更為謹慎，以免造成對某一族群的歧視或傷害。例如迪士尼動畫電影《海洋奇緣》（*Moana*），故事背景設定在太平洋島國的原住民，結果從肥胖的人物造型到紋身的文化圖騰，無一倖免的都被

批判，最後還導致周邊商品全部下架，迪士尼公開道歉。而台灣也曾經發生過將原住民語言、服裝張冠李戴，甚至瞎掰一通的爭論，讓電影上映隨即被批評。結果戲外的衝突，遠大於劇情中所設計的橋段。

與內在價值／信仰的衝突

前面提了許多依靠外力造成的戲劇衝突，還有一種衝突是自己跟自己過不去，是一種內在價值的衝突，也可能是信仰的危機。例如：

- 明知這樣是錯的，但就是禁不住誘惑去做。明知不能愛，還是愛了。就算別人都沒發現，自己還是受到內心的譴責。
- 我應該愛我的孩子，但卻拋下了她，為此我囚禁了自己的未來。
- 我應該公正無私，可是我現在卻想放自己一馬。
- 我不能假裝沒有看見這些**醜聞／惡行**，我該說出來嗎？
- 我不能拿這錢，但是現在卻好需要。

- 我得到不該的獎賞，但我卻沒有一絲罪惡感，這有罪嗎？
- 我不該說出秘密的，就算不會再有人知道，但他們終將因我而死。
- 我知道她對我好，卻止不住對她的嫉妒，如果可以許願，我希望她能消失。

……

這類的內在衝突不假外力，但對於角色的折磨與壓迫，卻不輸給外在的衝突，更多時候心靈的折磨會讓角色陷於分裂的狀況，進而影響到後續要發生的劇情。

在宗教信仰上也很容易發生這樣的內在衝突，例如：我應該愛天上的父不該有所質疑，但現在信心卻動搖了。改編自丹·布朗同名小說的電影《達文西密碼》（*The Da Vinci Code*）和《天使與魔鬼》（*Angels & Demons*），在內容上雖然看似符號學教授蘭登的冒險解密事件，故事情節危機四伏、驚險萬分，但對主要角色來說，信仰的衝突恐怕才是最深的漩渦、最大的巨浪。

不過，近年來宗教議題出現在電影故事中，還有另一種走

向，不同於揭露教廷秘辛或反省宗教禁忌的題材，轉而出現更多對於心靈的探索與性靈追尋的故事，多少也反映了現代人的空虛寂寞。例如改編自暢銷小說的電影《一個人的旅行》（*Eat, Pray, and Love*），茱莉亞‧羅勃茲飾演的女主角放逐自己到各處旅行，希望找回自己，在不同的宗教儀式和覺悟者中，看到自己對世界的誤解，和面對自己的脆弱之處，在類似這樣的劇情中，衝突的產生更類似一種洗滌。

在故事中不要吝於製造衝突，好的衝突像一把鑰匙，引領我們走進更精彩的戲劇世界。至於面對衝突，想辦法解決就是了。

第四章

人際關係的鎖鏈

寫故事，就是寫人的故事，或是擬人的故事，因此耕耘好了
主角的設定之後，也要好好思索主要角色之間的人際關係，包括
角色定位，還有在這故事中存在於彼此之間的意義。更進一步說，
每一段的人際連結都應該具有表面的關係，和實質（表面之下）
的關係。這些連結可能是正向的支持力與引導，也可能是牽絆、
競爭、阻礙或束縛，就像鎖鏈一樣緊緊地拉住了彼此，交疊纏繞
的前行。

　　但故事之所以有趣，就在於它的行進一點都不是理所當然的
推演過程。**站在理所當然的對面，才能激發故事，也印證了真實
人生裡的種種困惑。**

　　不要抗拒弦外之音，有時候它才是主旋律。例如很多關係乍
看是個障礙，其實是藉以訓練角色們通過鐵人賽的教練，最後反
而是成就主角成為英雄的功臣。這樣的角色很像佛法中所謂的逆
增上緣，你以為是來阻礙你的，卻彷彿是催逼著你奮力向前的一
股力量；當然也有可能是你以為最愛你，或是你最愛的角色，最
後卻是拉扯著你一起墮落的魔鬼。

思考並釐清人與人之間的關係，難嗎？

是不容易。

但怎麼說也難不過真實人生裡的試煉，畢竟在戲劇故事中，再怎麼複雜也只是在有限時間內的局部取樣，放大點評，在真實世界中求出無期的人際鎖鏈，才是更為巨大的綑縛。一再地這麼提醒，是**希望寫故事的人，不要把創作和生活切割開來。創作的繆思女神，往往躲藏在生活細節中，而帶給我們悲痛、欣喜、吶喊、絕望的種種經驗和滋味，都是故事的養分，哪怕它埋藏在地底。**想要學習這門功課，其實一點都不需要繳學費，只要練習站高／挖深一點、看遠／綿延一點，再把周遭的關係和牽絆看清楚、想明白，釐清彼此的連動關係，就會有收穫的。

千萬不要因為怠惰而忽略了分析故事人物內在關聯的重要性，這樣的練習不只是協助寫故事的人去建構角色的發展，也可將故事脈絡梳理的更有層次。此外，這樣的分析功課還經常附帶著額外的收穫，就是幫助作者釐清現實生活中的自身困境，這在編劇會議上還滿常見的，本來是在談故事，不知不覺就觸碰到了

自己的過往，想起曾經歷過的情感經驗……，然後就一發不可收拾的從人生困境談到人生哲學，像極了團體諮商，每個角色、每個故事、每一位作者都鮮活地躍然紙上，甚為暢快！而原本卡住的情節經過疏通後，故事的發展通常也會變得鮮活起來。

現將戲劇中常見的人際關係衝突，分類討論於下：

父子之間：權力、傳承

父子之間的關係，最常出現的戲劇衝突符號就是誰掌握了「權力」，暗示著雄性動物的一種原始性格，權力順利移轉叫做傳承，權力移轉出現阻礙，可能就橫生枝節惹出事端了，大則一場篡位奪權大戲可能就此展開，小則影響到家庭為之崩解或是年輕人憤而出走。

權力，一直是宮廷故事的戲劇主線，在中國歷史上從漢唐到明清，怎麼演都演不完。歐洲大陸（包括英國）的文學戲劇也熱愛此題材，歷朝歷代的皇位爭奪大戲，如出一轍。就算是在民間，各路英雄好漢爭的是武林盟主也好，要的是美人相伴也罷，哪個

不都爭得你死我活？其中父子關係在這裡更是一種典型的權力象徵。

在家庭關係中，如果沒有意外或例外，父親總是被賦予一家之主的地位，通常象徵著權威，主宰著家庭中的重要決策，相對地也要肩負起家庭的生活重擔。因此當故事發展的主要角色若是父親，這男性長輩會遭遇什麼樣的難題呢？（第二章強調過，主要角色都要面對難題）他的權威受到挑戰？他扛不起責任了？他的權力過度放大成為壓迫者？……大致都會出現「權力／權威」的動搖，更糟的就是崩毀了。

在一般刻板印象中，社會期待男性角色的表率是強壯的、有能力的、勇敢的，要有能力保護家庭，事業要成功，要滿足家人的期待與慾望，這通常是父親背上的千斤擔，也將移轉成為男孩的壓力源，有多少長輩曾經跟大男孩說過：

「你是男生哭什麼哭！快把眼淚擦乾。」
「站起來！你是男生要勇敢一點。」
「你不好好讀書，以後賺不了錢，怎麼娶老婆？」

......

但這社會性的標籤與期待，是否不能被挑戰呢？男人真的不能展現脆弱嗎？會掉眼淚的男人不是英雄好漢嗎？男人不能夠倚靠女人嗎？

這就是矛盾的真實，也是衝突。在故事中肯定能被挑戰。

所以在許多電影中，英雄／男人的眼淚／脆弱，可能才是戲劇的隱形高潮（表面上以為決戰時刻才能讓人熱血沸騰），而女人的母性在此時更容易迸發出戲劇性的轉折，讓真愛萌生。寫到這裡，腦海中怎麼突然冒出了《美女與野獸》」（*Beauty and the Beast*）的畫面呢！總之，這類情節戲之大宗也。

談了父親角色，當然也要面對兒子的角色，如果說父親的角色代表著權力與權威，那兒子的角色，在戲劇中經常不知不覺就成為挑戰權威者或反抗權威者。挑戰與反抗，是為了要取代成為權威者，或是爭取解放權威後的自由，那就各有不同的發展了。

挑戰創造了衝突！這就是戲劇性。父子關係中的權力爭霸，就像兩隻漂亮的孔雀開屏對峙，煞是漂亮。

不過故事的設計既然要站在理所當然的對面，還有一種父子之間的故事顯得溫馨多了，就是父兼母職的老爸角色，這類故事在現代社會屢見不鮮，除了常見的笨手笨腳的處理家務瑣事之外，也能讓人看見不同於陽剛印象的男性刻畫，甩開了傳統的設定，創造出的反而是另一種新奇和感動，這樣的故事主角通常讓人感到溫暖，男人不一定愛看，但女人很買單。

母子之間：母愛，親情，佔有

相較於父親象徵的霸與權，女性角色在家庭中通常被期待的是柔弱美麗，充滿愛與慈悲。這兩種角色的差異，拿出塔羅牌中的皇帝和皇后就很明顯，一張是充滿著耀眼金黃色的強壯，另一張則是柔和的母性象徵，富饒、溫柔、慈愛的母儀天下。如同男人經常被形容剛強如太陽，那女人就要溫柔如月亮。這樣的比喻一起，若是覺知敏銳些，就不難發現真實世界中充滿各種刻板的印象，你好生嘆息嗎？那不妨透過故事來挑戰它呀！

如同之前的比較，想想此刻可能出現在理所當然對面的衝突是什麼呢？

　　我試著用解讀塔羅牌的方式來加強說明，在塔羅牌的牌義中，每一張牌都有正面的代表意義，但你如果抽到的牌是倒的（相反），那這張牌就有了截然不同的象徵了，同一張牌兩種象徵意義的思考，很符合對故事人物的角色探索，就以皇后牌來說，正面的意義是如母愛般，無私無盡的愛與付出，或得到很好的守護。但如果這張牌倒了，可能就是關愛太多了，會讓人產生壓迫感，或者是愛不加節制，也會產生佔有慾，甚至是溫柔的暴力，這都不是讓人自在放鬆的愛，也是母親這個角色的另一種負面象徵。當這些違反常規價值的狀況發生時，也就是一個典型的戲劇性時刻出現了。

　　例如在母子／母女關係中，當母愛成為現實中我們相信的理所當然存在，就缺少了戲劇性，那什麼是戲劇性？就是當母愛成為束縛，成為壓力，當母愛有了第二目的……，這類戲劇衝突不只挑戰了親情，也是對傳統價值的一種挑戰。

那能不能正向的彰顯母愛呢？

當然可以，那就證明母愛有多偉大吧！於是有一個關鍵字眼要出現了，就是「犧牲」。為了守護孩子，母親願意犧牲生命、犧牲健康、犧牲身體的自主……，這樣的故事發展，總是讓人揪心讓人心痛。

回到真實世界，女性角色在保守社會中，經常是被約束在男尊女卑、男主外女主內的傳統價值裡，女性不只常常成為男人（權勢者）的附屬，甚至可以被買賣或轉讓，女兒也不如兒子來得有意義。這樣的僵化思想，在許多強調保守、封建，或是大家族背景的戲劇裡也常被活用而屢見不鮮，彷彿已經成為一種具有高度共識的歷史印痕。

但特別的是，女人一朝成為「母親」，角色就開始變得複雜了，母親的角色比女兒的角色具有價值也有更大的影響力，她經常是捍衛家庭的最後一道防線，也是親情的最極致展現，這與母親懷胎十月的堅忍歷程應該有很大的關聯。在特別要凸顯母親家庭地位的故事裡，有趣的是通常會讓父親的角色隱形，例如：

在外經商或征戰、死亡（病死或戰死），外遇跟小三跑了，若還在家肯定也很廢……。所以母親的角色毫不猶豫地必須撐起一片天，從家庭中柔弱的附屬的配角，躍升為主導家中一切權力的主角（又是權力），而且還要歷經苦難才能把孩子扶養長大，不管是貧窮的考驗，或是親族、外力的欺侮、或是身受病痛疾患的折磨……，這也是前段內容提過的「犧牲」概念。

這樣的母親故事，我直覺的想起了日劇裡的《阿信》，這齣戲太神奇了，重播十多次收視還能開紅盤。我也親眼看著我的母親盯著這戲一看再看，看到劇情都會背了還是繼續看，跟朋友分享時，沒想到朋友也說他媽媽也是如此追劇，只能讚歎這齣戲抓住了許多女人身為母親的甘苦共鳴。

為兒女犧牲的偉大母親故事，是一種戲劇類型。自私偏心又刻薄的後母形象，則是另一種母親角色的典型。不說大戲，光是童話故事《白雪公主》中的壞皇后、《灰姑娘》中的繼母，就足以讓後母角色難以翻身了。但是否真實？應該沒有這樣的調查數據，只能說現實中對於親情的公平性質疑和被愛的挫折投射，讓繼母成為戲劇中很常被觀眾討厭的對象。

愛人之間：愛情，慾望，佔有，永恆，背叛，放棄

言稱愛人，最大的關注自是愛情。

愛，太迷人。甜美時，讓人可以不顧一切的獻身撲火，苦楚時，又讓人痛不欲生的被折磨殆盡。就連愛退盡了滋味時，那種無血色冰冷的麻木姿態，都可以雕塑成一齣好戲。

相愛的時候，期盼永恆。永恆，即是一個最大的衝突，因為這世上是沒有永恆的。

人會老、心會變、生命會消逝，那種期盼不會改變而能恆持剎那的願望，只存在於人心。所以「變心」是所有愛情課題中的致命病毒，真實世界裡我們無法保證自己不變心，但我們卻害怕被人變心。因此當故事中的戀人在沒有機會變心的情況下，願意為愛殉情，凝結一切對愛情美好的嚮往，劃下生命的句點時，這樣的愛總是讓人難以忘懷。無論是《羅密歐與茱麗葉》、《梁山伯與祝英台》，或是《鐵達尼號》的傑克與羅絲，都是如此為愛奉獻，滿足了我們對愛情的期盼與嚮往，也彌補了現實中對愛的

不信任與恐懼。關乎愛情的故事，千年來毫不退流行，大概是壽命最長的類型故事了。

那有沒有方法／特效藥可以保證不變心呢？最世俗的故事途徑，就是相信婚姻，相信結了婚一切就會美好了，這樣的類型故事，大致上會讓愛情過程充滿波折，最後抵達目的就是終成眷屬，然後故事就結束了。對，不能再多談，因為接下來是夫妻關係的問題了。

若你不相信愛情如此簡單（真是複雜），就要繼續挖掘愛情的不同層面，甚至當你懷疑時，也別害怕去揭露它的虛假。方法就是創造各種難題去挑戰戀人間對於愛情的信仰，讓種種矛盾誘導觀眾去思考，而別急著給答案。

- 愛，是怎麼回事？慾之所趨，還是利之所慾……。
- 愛情可以多麼純粹？
- 愛人你可以擁有多大的權利與權力呀！
- 付出的愛到底有沒有盡頭？……

最後或許你還會發現，「孤單感」是愛人關係中的一把強力冷凍槍，一旦一方產生了孤單感，兩人的關係就很容易產生裂痕。若問孤獨感從何而來？那不正是戲嗎？

回到愛人關係的衝突上，大多數的難題不出幾種原型：

- 相愛不能在一起～之生死離別
- 相愛不能在一起～之漫漫相思
- 在一起但愛上別人了～之如何分手
- 在一起但愛上別人了～之內心愧疚
- 我發現不愛你了～之因了解而想分開
- 我發現不愛你了～但我需要依靠你的＿＿＿＿＿＿＿（自己填空）而無法離開
- 愛上不能愛的人～之不倫戀
- 愛上不能愛的人～之國仇家恨／族群或階級歧視
- 我太愛你了～之不容許任何一個情敵（必殺）
- 我太愛你了～之想掌控你、凌虐你
- 好想結婚～之對方不想結婚
- 好想結婚～之有人阻撓不讓結婚

- 我愛你，但你卻愛她
- 我愛你，但我也愛他
- 分手之後，還能上床嗎？
- 分手之後，發現你才是最愛我的人，能復合嗎？

有人說，一部好電影或是戲劇一定要有愛情元素，不管多或少，若少了愛情這一味，這道餐就不完美了。這並非鐵律，但的確是容易打動觀眾的設計，畢竟誰不曾受過愛情的折磨呀！

夫妻之間：
奉獻，責任，控制，背叛，體貼，抱怨，逃避

夫妻不同於情侶愛人，有一個最大的鎖鏈，就是法定的配偶關係，因此在這層關係上就多了法律上的承諾、責任與義務。既然有法律上的規定，那在婚姻關係上的最大挑戰，自是由此而來。

童話故事裡最常讓人調侃的結尾點，總是「從此過著幸福快樂的日子」。殊不知這幸福快樂實屬難得，相愛的人一起生活之後，還無須談到人生夢想一起翱翔之類的美好，光是進入柴米油

鹽醬醋茶的生活瑣事，水費、電費、保險費、房貸、車貸、還有萬萬稅，大概就能樣樣崩潰、事事能吵，更不要說還有照顧小孩、撫養老人之類的雙重壓力。情人不愛了，可以拍拍屁股走人，夫妻出了問題是需要辦離婚的，那孩子歸誰？財產怎麼分？……都是生命的難題。這麼叨叨絮絮的一大串，不是否定婚姻的價值，而是每一個細節都可以是戲，都可以提供作者丟出衝突的導火線，暗示種種的幸與不幸。

也因為要生活在一起，因此夫妻之間遇到的難題，從有形的物質考量到無形的價值差異，都可能碰出火花，所以態度也決定了關係的發展，就像性格決定了命運一般，無論是體貼、善解，還是抱怨、逃避，都給夫妻關係提供了極佳的表演空間。

或許正是這層親密關係，讓彼此的約束力變得更加緊密，但越想拉得緊，它的戲劇性就經常是越想逃，越不應該做的事，就越會以各種形式發生，因此掌控與背叛是夫妻間常見的難題，尤其是背叛。外遇背叛大概在戲裡戲外的夫妻關係中，都是最讓主角焦慮抓狂的狀態，一場要命的外遇，可以拍成一部電影，一封不該出現的信，一張從書裡掉出來的照片，一條奇怪的簡訊，都

可以引爆尋常夫妻的關係，能用的戲劇梗真是多，輕輕一撩撥，就足以發生大地震。

因此夫妻關係絕對是發展故事的一大搖籃，麻煩事源源不絕。

夫妻之間愛得不夠，難免會有婚姻危機可能發生，但還有一種狀況也很折磨人，就是深愛彼此愛捨離的痛苦，這等別離之苦甚至可以要人命的。生老病死輪轉中，迎接新生命的驚喜與混亂，臨老衰頹的容顏，罹病過程的痛苦，逝去之後的思念，都是夫妻關係中可能會要面臨的考驗，通常是愛得越深越難放手，愧疚越深越難釋懷……，說著說著又是一個故事的開始──

手足之間：
親情，嫉妒，不公平的愛，爭產，血濃於水的守護

兄弟姊妹的手足之情，只要是觸碰到了家庭故事，難免都會有這樣的角色關係出現，但這樣的關係多存在於次要關聯，比例上較少發生在主要故事上，除非是宮廷戲要爭奪王位，那兄弟鬩

牆可殺得激烈了。當然也有經典故事如《雨人》（*Rain Man*），這部電影由達斯汀‧霍夫曼和湯姆‧克魯斯主演，一心想要爭奪遺產的弟弟，如何面對一個罹患自閉症的哥哥，從一開始的抗拒排斥，發展成為一段深摯情誼，讓人印象深刻。

近年則有一部改編自法國暢銷小說的電影《鱷魚的黃眼睛》（*Les Yeux jaunes des crocodiles*），艾曼紐‧琵雅在戲中飾演在上流社會中看似聰慧、優雅的律師太太艾麗，她老公既多金又愛她，完全就是人生勝利組的設定。後來艾麗在一場宴會上吹噓自己正在創作一部史詩小說，沒想到弄巧成拙，真的有人相信並願意出版這部小說，她只好求助文筆好、擔任歷史研究員的妹妹來幫她撐住面子……。這故事名稱聯想自鱷魚的眼淚，曾有人看到當鱷魚要吃下獵物時流下眼淚，於是便穿鑿附會說鱷魚也有憐憫之心，但那純粹只是鱷魚眼睛的潤滑液，與情感反應並無關聯，後來鱷魚的眼淚便被人譬喻為假慈悲。

在《鱷魚的黃眼睛》電影中，這對姊妹的設定很有趣，相較於姊姊表面上是金髮貴婦，婚姻幸福美滿，妹妹則是一副窮酸學者相，連失業丈夫都還跟著小三跑了，留下一大筆債務給她，

所以當艾麗要妹妹拿她的創作來圓謊時,妹妹一開始雖然有些抗拒,但最後還是屈於利誘之下而跟姊姊共謀這起謊言了⋯⋯

　　類似這樣的姊妹情仇,或常見的兄弟鬩牆,甚至是溫馨如《雨人》的故事,在手足角色的關係上,有一種很相似的設定,就是「差異對比」,理論上兄弟姊妹來自同一個爸媽,或至少一位共同父母,應該有很多的共通性,但我們常見的故事卻是凸顯差異性,而非強調共通性。不只美醜有別,後天階級有別,聰明愚笨有別,就連個性也要極大差異,彷彿唯一的關聯就只是來自同一個原生家庭、同樣的父母,然而這條鎖鏈捆綁著兩個不同的人生。

　　就連伍迪‧艾倫執導的電影《藍色茉莉》(*Blue Jasmine*)也有類似的差異。凱特‧布蘭琪飾演的姊姊茉莉,全身名牌,老公事業有成，是個十足的貴婦,妹妹則生活辛苦,還愛上了一個藍領階級的男人,姊妹的境遇完全是一百八十度的對比,但隨著姊姊拎著皮箱來投靠妹妹⋯⋯,一連串的荒謬謊言一一地被揭露了。

　　差異,是手足關係中常見的基本設定,但再有深度一點的故

事，一定不會只甘於玩弄這表面的小技巧，反而是企圖在表面的差異之下，探討更多原生家庭或性格帶給他們的影響，一個選擇的不同，一個心念的不同，經常造就的就是兩種不同的人生境遇，戲劇只是用放大鏡凸顯了這個真實。

婆媳之間：佔有，權力，嫉妒

婆媳之間的衝突與難題，從許多驚世媳婦類型的戲劇博得高收視率，就可以理解這衝突關係有多麼受到婆婆媽媽族的青睞！家庭肥皂劇的最愛，誰是當家的？這男人愛誰？聽誰的？都是婆媳要過招的競技項目。

早期我曾經遇過一個編劇直接來跟我說，「有沒有婆媳戲？我最愛寫了。」乍聽之下有些困惑，後來才知道可好寫了，她甚至每次都寫過了頭，光一場吵架戲可以吵三頁紙，一旦 high 起來就失了比重。

一山不容二虎，兩隻母老虎齊發威可不好受，誰都想要佔有男人，這女人的戲可比男人的爭鬥來得精彩好看，因為婆媳過招

的橋段不像男人喜歡打擂台，女人善用檯面下的嫉妒和爭寵搶地位，甚麼法子都可以來陰的，諂媚、討好、裝病、一哭二鬧三上吊可以來個好幾遍，搞得家裡雞飛狗跳，男人想要離家出走。其中惡婆婆遇上惡媳婦最難清淨，惡婆婆要整可憐小媳婦最博人同情，而惡媳虐待可憐婆婆最讓人生氣。

但除了這種大宗路線外，像這樣的女人為難女人的關係，我都會再多推敲一下，為什麼呢？媳婦熬成婆後為甚麼沒有多一點寬容？背後還能不能再推出一些不為人知的故事？可恨之人必有可憐之處，那個藏在心底的瘡疤到底是什麼？若衝突的目的只是讓婆媳大鬧一番來折磨男人，那並不稀奇，如何讓戲還能倒鉤回來，讓婆媳之間得以緩解釋懷，並得到解脫，或許才是需要想想的。

朋友之間：友情、義氣、團結、信任、背叛、競爭

友情很重要，完全不亞於手足關係，朋友之間強調的義氣、信任，在許多故事中就算不是主戲，也經常扮演重要的樞紐位置。例如電影《魔戒》中那三位哈比人，佛羅多是主角，另外兩位夥伴的存在可不是插花，往往在關鍵時刻，他們的友情、義氣，哪

怕是出糗的勇敢，在遭逢危難時都發揮了極大的戲劇效果。

另一齣高收視的影集《慾望城市》，就是繞著四個女性好友的故事發展，主角莎曼珊每每被情感沖昏頭時，身邊的朋友（各有特色）一定會前來救援陪伴，就算不小心讓問題變得更複雜了，也是出於朋友的善意（增加戲劇性）。更不用說當主角的戲走得疲乏時，這些好朋友也可以延伸出各自的故事，撐住整體戲劇往前進，這樣的結構尤其在長集數的電視影集中很常見。

回到現實生活，其實我們對朋友的期待不就是這麼一回事：一句話，挺你就對了！

朋友這角色上，在大多數的故事中經常扮演著舉足輕重的配角功能，有些主角想說不能說、作者想說不能說的話，戲中的朋友角色都是很好的出口。若是電影迷，一定也會發現在很多重要時刻，從朋友口中說出的話，根本就是導演或編劇的心聲，無論是暗指劇情的發展或直指核心戳破假面具，都深具意涵。因此能好好善用朋友這角色的關係和意義，對於設計故事的人來說，是很重要的利器。

常見的朋友關係中有幾種狀況：

● 性格互補

和主要角色的性格相反，就像綠葉襯紅花的意義，好處是能凸顯主要角色的人格特質，比方說，勇敢的人身邊常出現膽小的朋友；衝鋒陷陣不顧一切的英雄身邊，總有深思熟慮的參謀或管家；聰明的主角身邊總會有少一根筋或憨厚的朋友；內向害羞的主角則經常配搭一個熱情活潑的好朋友。互補的特質，可以讓故事進行的有趣些，也因為彼此有差異，在情節處於抉擇點時，還有擴大戲劇張力的作用在。

● 強調信任

信任是朋友關係中很重要的一環，這種關係在英雄豪傑的故事中，甚至會用到歃血為盟的儀式來強化它的神聖價值，甚至以生死為盟。若在女性故事中，就想想閨蜜呀，總有一些朋友的存在，是要創造機會讓主角說出秘密（給觀眾知道），然後要守住秘密（不給戲中人知道），這一來一往間，也讓看戲的人不知不覺加入了小圈圈的運作。

既然強調信任是好朋友的重要條件，那朋友關係的崩解，大多也和背叛有關了，一種是真的背叛，另一種是被誤會了的背叛，不管是哪一種情況，朋友大概都做不成了。

● 友情的考驗

　　既然朋友的義氣相挺很重要，如何證明是好朋友呢？這也是在朋友關係中很常被挑戰的情節。

　　因此「考驗」是必要的。經典如「福爾摩斯」的故事，不管是文學原著，還是被改編成電影／電視影集，想想華生經歷過多少必須情義相挺的試煉啊！就算是在家喻戶曉的卡通「柯南」故事裡，那群小學生偵探隊，也無可避免的必須證明他們對朋友的義氣所在，牽掛程度可絲毫不輸給大人。

● 競爭關係

　　說了這麼多朋友的好處，最後還有一種朋友的狀態，是亦敵亦友的競爭關係，這樣的狀況比較多會出現在成人職場或球隊裡的故事，通常朋友間具有相關的利益或共同目標時，當競爭狀況

出現，機會（獎盃／利益）又有限時，朋友關係會不會受到影響？自己的工作前途重要，還是要成全朋友的目標呢？最慘的是在情感關係上，如果遇到恰巧和好朋友愛上同一個人時，該怎麼抉擇呀！實在很難。但老話一句，越難解的題戲劇性越強。

師徒／師生之間：
傳承，解惑，提攜，成長，服從，超越，背叛

師徒之間或師生之間，是人際關係中滿特別的一種狀態，既非血緣關係，也非情感關係，相處的時間或許不多，但影響力卻很大。

《刺客聶隱娘》（*The Assassin*）中，一開始就是師父要聶隱娘執行殺手任務，殺了魏博節度使田季安，這人是她兒時被許下婚約的男人，她遵從且面無表情的接下了任務，這樣的師命是不容違抗的。聶隱娘表面上服從並前往執行任務，但內心卻掩不住她本質裡對愛情、生活與自由的嚮往，再加上殺了田季安就能讓百姓社稷太平嗎？這兩種衝突主導了後續的故事發展，導演不斷地對聶隱娘拋出選擇題……

師父的話一定要聽嗎？在古裝劇和宗教戲裡，是的。抗命，是大戲。

　　老師的話一定要聽嗎？若是 1990 年代前的故事，孩子最常說：老師說……（當然聽），若是現代戲，已是不同光景。

　　師者，傳道授業解惑也。文師傳遞知識，武師傳遞技藝、武功，宗師則是傳法，無論是哪一種師承，很明顯的與學生之間都具有階級性，也緊緊扣著「傳承」任務。既然具有階級性，那最大的衝突所在就可能是反階級，也就是應當服從而不服從，在武俠劇中欺師滅祖者是大罪，現代故事裡比較多的衝突是落在超越了師父，或背叛了師父這樣的情節。若恩師是好人、善人，必然會遭受到懲罰，若師父是惡人，人格有瑕疵，那你就可能代表正義或超越。

　　另一面則不談階級與超越，談的是成長與提攜，也是師生關係裡的重要元素。對於處在學習或自我探索階段的孩子來說，老師的傳道、授業、解惑的角色，可能是影響孩子一生的人。好的教育環境、好的老師、好的學生建構出理想的學習狀況，但這樣

的完美情境，不只在現實中確保要碰機會才遇得到，在戲劇故事中更是難得。不完美或許更接近真實，透過衝突（不完美）所創造的問題，逼著讀者和觀眾不得不面對現實的缺陷，省思問題的核心，這才是好故事的影響力。

在經典師生電影《春風化雨》（Dead Poets Society）中，羅賓‧威廉斯飾演的老師基頓，打破了傳統保守的寄宿學校規矩，以文學、詩歌帶領學生學習，探索自我，這讓校方相當反感，但師生非但沒有停下腳步，同學們還重組了當年被學校禁止的死亡詩社，透過寫詩與分享，討論著人生哲學的種種問題。

老師和同學分享著詩：

我們讀詩寫詩，並非因為它靈巧，
我們讀詩寫詩，是因為我們是人，
人，充滿著熱情，
雖然醫療、法律、商業、工程都是高貴的理想，
並讓我們得以維生，
但是詩，充滿美、浪漫和愛，
這些才是我們生存的原因。

老師甚至站上講桌說話，要大家學習用不同的視角來看待事物……，這些現在看來是最夯的「創新教學」，在電影中卻把學校氣壞了（顯然保守與體制的壓迫是這故事中的最大反派），家長也開始跟著擔心孩子變壞，最後不但逼死了一個學生，老師也被學校開除了。

當老師離去時，全部的學生站上課桌送別老師，這一幕惹哭好多觀眾！老師教會孩子們的已經不只是知識，更是對待生命的態度。

有許多跟師生有關的電影故事，包括《心靈捕手》（*Good Will Hunting*）、《放牛班的春天》（*Les Choristes*）、《蒙娜麗莎的微笑》（*Mona Lisa Smile*）等，所讚頌的都是有教無類的老師、啟蒙學生多元看待人生價值的老師、不放棄任何一個孩子的老師，這類故事不斷地被改編或創作，都反映出了我們／觀眾對老師這個角色的期待與感念。

1989 年的台灣電影《魯冰花》也一樣，從都市到鄉下任教的年輕老師，想要幫助有繪畫天份的窮孩子古阿明爭取參加美展的

機會，卻被校內權勢抵制打壓，不得已離開了學校。古阿明因而病情加重，最後病死了。但戲劇性的轉折，卻在此時傳來老師私下將他的作品送去參展，結果得到金牌的消息，大悲大喜啊！全村風向一轉，推崇已逝的孩子是天才小畫家，相當反諷，也令人感到悲傷。

類似的故事設定，總是有保守、傳統、權威又不公平的校方，有被壓抑的好老師，有特殊才能卻叛逆的學生，有特殊才能卻自卑或窮困的學生，有缺乏自信卻善良的學生，當然也有家境好卻跋扈顧人怨的孩子（通常是權貴子弟）。陌生嗎？這應該是現實中很熟悉的寫實場景吧！在現實中，或許善良的學生、好老師都屈服於權勢之下受到委屈，但在電影故事裡，我們抒發了不滿，平反了現實中的不公平，強化了我們期待的教育價值。

透過文學／戲劇／電影的呈現，翻轉我們在現實中遭遇的挫折，投射出理想的世界藍圖，也哀悼那些被不公不義傷害的良善人們，不正是藝術創作（寫故事）最有成就的價值之一！

從屬之間：
權力，階級，壓迫，服從，利益，性別

　　上司下屬的關係，是相當現實的階級關係，而且大多具有工作契約約束，因此更攸關利益的衝突。

　　在這層關係中，所碰觸的問題比較多是階級和價值觀的差異，上司／老闆通常是較年長、較有工作經驗或工作成就的人，想要掌握的多是自己的利益、公司的利益，下屬最常遇到的是菜鳥新兵，充滿企圖心想要爭取表現或挑戰權威的多是主角（比較能推動故事往下一步走），想在一旁偷懶混混日子的多是配角／朋友。想想電影《穿著 Prada 的惡魔》（*The Devil Wears Prada*）中的主要角色關係，這個結構圖應該很快就能立體起來吧！

　　《穿著 Prada 的惡魔》是很典型的商業類型電影，一切安排都要很精準，就像故事中梅莉·史翠普飾演的米蘭達對工作的要求一樣，不只劇本很符合好萊塢的基本三幕式結構，連演員的設定也一樣精準。總編輯是刻板印象下的女強人，能力好，手腕高明，嚴厲又難搞，然後家庭狀況一定會因為她的工作關係受到影

響；安・海瑟薇飾演的安德莉雅，就是個有才情、對自己充滿期待、對工作充滿理想、但對職場現實缺少認識的菜鳥；還有一位配角則是米蘭達另一位助理愛蜜莉，世故現實，完全屈服於職場的遊戲規則，害怕丟掉工作，嫉妒新人，擔心老闆不滿意。這三人各有所圖，各有考驗，各自在她們最想要的事情上差點栽跟斗：米蘭達的權位，安德莉雅的理想，愛蜜莉的工作。最後主角當然不能放棄理想，於是選擇離開時尚雜誌，其他兩人則繼續為捍衛自己的地盤而努力。

這之中最精彩的當屬梅莉・史翠普與安・海瑟薇的對手戲，她們的性格裡子相似所以惺惺相惜，但她們選擇了不同的追尋目標，所以會有衝突。

- 老闆的高標準，下屬如何達成？
- 老闆的不合理要求，下屬要服從嗎？
- 老闆脆弱時，下屬應該要挺身而出嗎？
- 最後，誰都不能改變誰，就各自祝福各自飛吧！

他們彼此的關係很像在跳恰恰，進退之間成就了這故事，當

然全片包裹以華麗絢爛的名牌時裝，也是吸引許多女性觀眾的賣點。其中女性的職場角色也是不能不提的熱點，如何在工作、愛情、家庭中兼顧，恐怕不只是電影，而是所有職業婦女的惡夢。既然是當今社會的一大問題，自然也是電影感興趣的題材。

另外，一部近年相當紅的職場主題電影《高年級實習生》（*The Intern*），恰巧也是安‧海瑟薇主演，她在這個故事裡就變成了年輕創業有成的老闆，但是在擴張事業之餘，也遭遇了許多人生和家庭的難題，幸好無意間聘用了一位高年級實習生，就是勞勃‧狄尼洛飾演的班，他曾經是能力非常好的經理人，在面臨退休、喪妻的人生低潮後，決定重新走入職場（不是為錢而是存在感）。

他們相差四十歲，所有的關係設定都是刻意安排的對立：

階級：	老闆	實習生
性別：	女	男
年紀：	年輕	老
個性：	自信好強	圓融溫厚

家庭：	有先生、小孩	喪妻，孤單一人
工作能力：	熟悉網路	不懂網路

這樣的角色特質和背景設定好了，只要丟出難題，故事就可以轉動了。最後主角成長了，改變了，他們也成了好朋友。這是好萊塢電影喜歡送給觀眾的圓滿結局，非常療癒，看起來也沒有負擔。

但是在現實中，許多職場的從屬關係卻不是那麼甜美，反而是充滿著壓迫與反抗的衝突、服從與背叛的衝突，甚至是性別歧視的衝突，這些關係的存在也是許多文學和電影故事常見的取材。

敵我之間：利益，權力，輸贏

敵我之間，這是最抽象、涵蓋範圍也最大的關係。任何人都可能成為敵人，無論是親人、愛人、夫妻、朋友、師長、工作夥伴、競爭對手等，還包括陌生人。一旦成為敵人之後，還是會建立起屬於敵我之間的關聯，這是戲劇故事中非常重要的關係。一個故事能不能吸引人，除了主角之外，最重要的角色設定大概就是敵

人了，只有強大的敵人，才能塑造出真正的英雄。

　　前面篇章提過，主角一定要面對難題，情節發展一定要有衝突阻礙，誰來下這盤棋呢？創造一個好的對手／敵人重要之處就在這兒，敵人不能只有表面強悍，更重要的還要有腦袋，也就是要能跟主角鬥智，最好還要能抓住主角的弱點攻擊之。

　　這樣的敵人角色，大致也有幾種類型：

- 貪圖錢財權勢的競爭者
- 道貌岸然卻另有所圖的偽君子
- 因愛生恨的親密對象
- 鞏固自身利益的衛道者
- 想要奪權稱霸的侵略者
- 自私無情的上位者
- 嫉妒主角的身邊人（瑜亮情結）
- 特殊目的的智慧型罪犯
- 曾被主角傷害的復仇者
- 寧為玉碎不為瓦全的奪愛者

既然身為惡人，也要徹底發揮功能，這些角色對主角的挑戰，不能太快得到解決，也不能太快就曝光，若按照好萊塢三幕式電影的結構，誰才是幕後藏鏡人？惡人真正的目的？最強的武器？這些揭露至少都是後四分之一劇情的事。敵人不只不能太快掀底牌，還有一點很重要，那就是要懂得做假動作，也算是增加戲劇效果。

　　是不是每一個故事都要有敵人呢？未必。

　　很多故事沒有壞人，沒有敵人，只有一群失敗者，或被人性挑釁而陷入困境的人，他們的敵人大多是自己；或是角色之間彼此的弱點互相牽制而形成了死結；再者有些「敵人」的存在，是更巨大的體制或保守壓迫的集體意識等等，都會扮演著另一種型態的強大對手，為主角帶來更艱鉅的挑戰。

　　這些人際關係衝突的歸納，只是協助練習或思考，一定還有更多的可能性存在，畢竟**寫故事是創作，永遠在挖掘探索人性中更深刻、更矛盾的曲折幽微，它將不斷地創造出各種難題，挑戰著每一個看故事的人。**

第五章

相對論

每個人都有自己信仰的價值觀及一路追尋的信念，甚至不惜為之粉身碎骨，亦或許諾終生。就算中途迷了路，一時找不到方向，也會想盡辦法要理出頭緒，找到下一個指引，然後再繼續邁向追尋之路。

　　這些信念與指引，可以是抽象的真理，如自由與和平，或從小被灌輸的傳統價值，如忠孝節義，也可能是被物化的世俗標的，如事業成功、榮華富貴之類的人生目標。在真實世界裡，我們一方面朝著終點衝刺，另一方面也不斷接受迎面而來的價值挑戰，那些我們堅信不移的價值觀，真的不能質疑嗎？那些佇立在信念對面的另一種意識形態，難道是絕對之惡嗎？我們誰沒懷疑過、掙扎過？甚至想要放棄過？

　　這些對內在信念的追尋過程，一旦動搖都是強大的內心戲，更是寫故事時，不能忽視的驅動力量。

　　到最後，有些信念經歷了試煉，蛻變了，因而得到印證而讓人更加堅定；亦或有些信念經歷試煉後，幻滅了，心碎也是另一種的成熟。這讓我想起了「見山是山，見山不是山，見山又是山」

的心境三部曲。

　　創作故事時，作者當然會放入自己想要推崇的生命價值與意識型態，無論是自由、正義、平等或是人道精神……。**創作故事時，對於內在價值或意識形態的闡述，通常不會是開門見山的一傾而下，太過急切反而會出現反效果，容易流於說教或傳教，比較好的呈現應當是迂迴前進，甚至是反向操作，藉由逆向的故事情節和結果，讓觀眾自己去發掘／覺醒什麼是更有價值的生命意涵。**

　　相對地，對於那些世俗中眼見為憑或先入為主的刻板印象，在故事中我們也能創造更多的反省空間，去檢視那些看似正確的價值觀是否真如鐵律一般不可動搖？那些不被推崇的類型，是否就沒了價值？

　　但對觀眾而言，觀眾也有他所渴望的故事結局，在這觀影期待的結局背後也都夾帶著強烈的意識形態，很多時候來自真實世界中的不滿或缺陷，例如盼望正義得到伸張，有情人終成眷屬，壞人得以惡報，麻雀能飛上枝頭變鳳凰……，現實中越是受挫的情況，越期待在電影／故事中能得到補償。所以越是簡單的圓滿

結局，總是能得到大多數觀眾的認同，至於開放式結局或悲劇性的結局，經常就會引起不滿或抱怨，因此在商業電影的故事操作上，大多是傾向屈從觀眾的需求。

但對部分將電影視為文化、藝術作品的觀眾和作者來說，就不太願意被這商業性的操作馴化，更不會被這些可預期的結局所滿足，他們會期待故事要對人性切得更深刻，提供更具有反思的空間。

既然故事中充滿作者想要推崇／夾帶的價值，那就要**善用「相對論」的概念來建立戲劇的張力，這相對論不只是創造對立的兩造，還要善用這對立的相生關係來加強故事的矛盾與衝突。**

既然是對立衝突，何來相生？這讓我想到佛法中有一個譬喻：煩惱即菩提。乍聽時，還有些困惑，因為我們太常被灌輸二元式的思維，非善即惡，非黑即白，那煩惱怎麼會生菩提呢？明明是對向的兩端呀！後來了解到佛法真像是一本人生哲學大書（佛陀是一個覺悟者，而非從天而降的救世主，若以為祂施個神通、唸個咒語就能令眾生解脫，那真是誤會大了）。白話點說佛

陀指引的應該是看待生命的方法論，引導人們如何面對煩惱，包括：自己的慾望，物質世界的誘惑，人我間的糾葛。因為參透了煩惱的來源，進而以智慧超越了煩惱，這就是煩惱即菩提的領悟和修行，所以「覺」與「悟」才是人生的必修功課。

這比喻也是很好的故事法則。不執著在二元絕對論的執著，而是深思相對論的意義，參透分別心與個別差異，是佛法中對人性的探究與解析，也可用在故事的經營和生命經驗的分析上，都是很好的引導。

以下列出常在故事中出現的對立價值，並做些討論：

善與惡

好人與壞人，大概是多數故事中除了男人女人之分外，最常被設定的角色分別：好人是善良的，而壞人是站在惡的那一邊。乍聽起來這邏輯沒什麼錯，也很理所當然，但越是理所當然相信的價值觀，在思考故事時就越要試著去懷疑它、證明它，而非全然順從它或全盤否定它。

善與惡的評判誰來界定？是否好人就不會做壞事？壞人就不會有善心？正義之劍就不會傷人嗎？惡的起因為何？善的警鐘為何？善與惡真的如水火般對立嗎？

　　電影《黑暗騎士》（*The Dark Knight*）的故事提供了一個很好的思考與挑戰，蝙蝠俠與充滿理想抱負的檢察官丹特都是正義的一方，小丑與黑道是當然的壞人，但是當致命的危機觸及到私人的情感，且侵犯到個人的利益時，該如何做抉擇？當朋友與愛人同時受難時，要先救誰？愛人被殺能不憤怒、不復仇嗎？正義之人難道不能有私心嗎？當法律制裁不了惡人之時，違法的正義可以被允許嗎？最大多數人相信的真實，就能代表真相嗎？

　　一連串的問號，夠挑戰了吧！善與惡再也不是單純的二分法了，在每一個抉擇的當下，我們都擺盪在善惡之間，不同的立足點，不同的高度，有了不同的善惡堅持，有人為己，有人利他。絕境與生死之際，總能把人們最底層的慾望毫不留情的祖露出來，無可掩飾；另一方面，當然也更能凸顯出善意無私的心念。例如影片最後那兩艘船（一艘載滿一般市民，一艘載滿罪犯）的生死抉擇，在定時炸彈爆炸之前，兩艘船的人各自擁有對方船隻

的引爆器，誰先按下對方的爆炸鈕讓對方沉船，自己這艘船就能存活。兩艘船上的人該如何做出決定？

第一念頭，想的自然是如何讓自己活下來！不只好市民如此想，罪犯也想活，你以為罪犯會比較自私而先殺人嗎？還是市民是好人就值得活下來？這是編劇（也是導演）的高招，設下了一道又一道的難題，不斷挑戰著觀眾：你會怎麼決定？誰有權決定別人的生死？

就連蝙蝠俠最後為了滿足市民們對英雄與正義的期待（成就死去的丹特），竟然也扛起了責難獨自離去，隱沒在黑暗之中。在這部電影中，每一個角色都身處在矛盾之中，不只自身的信念矛盾，連外在的考驗也接連打擊著主角，雖然故事的結局惡人都死了，但分析起這故事，其實作者已善用「惡」成功的打贏了一戰，漂亮的推動了故事的進展與善惡辯證，讓《黑暗騎士》不再只是想當然爾的蝙蝠俠英雄系列故事，也讓觀眾省思我們常以正義之名的言語與心念，是既衝動又容易受干擾而擺盪著。

談到善惡，這也讓我想起在信仰印度教的峇里島，到處可見

「善惡門」，那是看似大三角形的山門，卻在中間被對稱剖開出一道可以出入的門。導遊跟我們解釋說，這道善惡門是雙面的，左善右惡，不管走過去還是走回來，我們面對的左邊門都是代表善，右邊門代表惡⋯⋯

咦？好像怪怪的。

「那每一道門都有兩面，我們進出方向不同，左右剛好相反，所以一堵門牆同時具有善惡面囉？」我問。

導遊聽了立刻笑了出來，好奇我是做什麼行業的？怎麼會馬上聯想到這問題。我好奇的問導遊這有什麼特定的暗示呢？他笑著說這裡的人相信善惡依存，就像白天與黑夜，有好事就會有壞事，壞運過後好運也會來，所以時時刻刻要提醒自己不要與人為惡，不要做壞事，不然厄運隨時會反撲！

「善惡依存」的喻意真是簡單扼要，人生的故事不就是如此嘛！我們不是故意要把故事說得很複雜，而是真實人性原本就複雜，簡單的二分法大概只在童話故事和通俗劇中才會被當成定律。有些老派的製作人，相信動腦過度不利大眾娛樂。

美與醜

　　美與醜也是常在故事中被運用來創造衝突的對立價值。好看的事物、美麗的女人、俊俏的男人無人不愛，但這外顯的審美標準，在現實中並不是每個人都能達標，甚至應該說絕大多數人都只是普通人，於是我們期待著自己能變得更美，也妒忌著比我們美的人。

　　童話故事《白雪公主》的最大關鍵衝突，就是美麗的皇后每天都要問的那句話：「魔鏡！魔鏡！告訴我誰是全天下最美麗的女人？」這句話所帶出的重點就是：我不容許有人比我美！於是美麗與妒嫉一結合，就製造出了一連串的殺機，沒有妒嫉心焚身的壞皇后，就凸顯不出無辜美麗的白雪公主，也就缺乏這故事前進的動力了。

　　但外在美是否代表了絕對的美麗標準，當然不是，還有更重要的內在美，那常是善良、慈悲、教養、內涵……溫良恭儉讓等等。若能內外兼美，那真是非常難得的夢幻美人（無分男女），但這樣的人豈能輕易出現，因此在戲劇故事中，一方面要滿足觀

眾對美的期盼，又要連結現實感，還要創造戲劇性，結果就出現了內外皆美的人必得接受無比的磨難，比如所謂的紅顏薄命；要不就是外在美的人常有內心缺陷，好心腸的人卻總有不完美的處境與缺陷的容貌這類對比，但好人（通常是主角）不美總是違和了看戲的經驗，因此常會再添一筆，她的醜（不完美）可能只是暫時性的，因為窮困，因為受傷、生病，甚至被施了魔法……等，只要遇到真愛，只要好好裝扮，只要重拾信心，那完美的形象就可以毫不保留的現身了。

想到《美女與野獸》這故事了嗎？不知已被改編了多少回，標準的美醜對立，善良無私與邪惡自私的對立，雖說故事標榜不該以貌取人，但礙於追求快樂結局，和滿足大眾的期待，最後故事的結尾還是得讓野獸變回俊美的王子，才能與美女從此過著幸福快樂的日子。

雖說我們都懂不該以美醜論人，但現實中對於美的追求，卻是相當被重視的社交指標之一，所以真實世界裡醫美招牌林立，化妝品牌業績好，服裝產業推陳出新，這都是不爭的事實。若要翻轉這刻板印象的對立價值，就要深入探討與省思外在的偽裝與

內在的真實之間，到底孰重孰輕？

因此在故事中拋開美麗的外表，推崇內在人性的美好價值，也就格外重要了。許多作者都想要更深入的挑戰這部分，甚至還會刻意醜化主角在世俗眼中的外在審美標準，不只長得醜，還可能有著身體缺陷，或是表達困難，但卻可以藉由劇情衝突來凸顯他所擁有的更純粹、更崇高、更強大的內在世界，也讓觀眾深思何謂真正的美！

富有與貧窮

貧與富，絕對是物質世界的兩端，在真實世界中的貧富差距往往比戲劇故事中更殘酷。人們都期待躋身於富裕之路，但偏偏大多數的人都落在中產階級或貧困之境，困窘而衍伸出來的飢餓、疾病、教育與階級問題，更是難以解決。既然有困境、有衝突，當是寫故事時必然會碰觸到的議題。

之前不斷的提醒，觀眾常常會在觀影中投射出自己的期盼與幻想，並想翻轉現實生活中的不如意，因此《小氣財神》（*A*

Christmas Carol）式的懺悔反省，《乞丐王子》（The Prince and the Pauper）式的對比人生，《麻雀變鳳凰》（Pretty Woman）式的浪漫變身，都是類型片中常見的模式。富有之人，在追求財富的過程中，常常失去了快樂和對人的慈悲，甚至變得刻薄與貪婪；貧窮之人因為少了物質上的貪著，而擁有更多心靈上的快樂，更懂得分享生活，亦或渴望富有之人也經常為了改變生活而犯下錯誤，這類的衝突屢見不鮮。

重點是單純觸及物質或金錢上的財富地位，都還只是表面的過招，可以強化衝突，製造矛盾，但要更深刻地挑戰貧富之間的問題，關鍵點還是要刻劃心靈的狀態，心靈的貧窮與富有才是最後的勝負點。

平等與歧視

自由、平等成為人權指數的重要指標，這意指著很多人的生活其實是不自由的，他們處於不被平等對待的地位。既然平等是人人渴望的人權實踐與法律保障，但現實中卻又充滿著許多歧視與壓迫，那就代表著這議題有許多衝突，被大眾注目與關心，也

代表著有好多故事題材可以發揮。

　　平等精神是人人應享有的無差別權利、機會與被尊重，也可以說是為了消去歧視而推崇的價值。除了表面上的法律保障外，也包括了在人際關係、階級上的去歧視化，這種對立衝突包括了早年的性別歧視，女性被視為次等公民，沒有受教權、財產權、投票權，還有常見的種族歧視，像是美國、南非歧視黑人所引發的戰爭衝突，印度的種姓制度、賤民身分……，以及近年來在各地推動的同志運動等等，都是為了追求平等而持續努力著。

　　這類故事在文學創作和電影創作中都很多，包括 2016 年的熱門電影《關鍵少數》描述黑人女性數學家進入 NASA，協助將第一位太空人成功送上地球軌道的過程，黑人、女性在當年都是被歧視的身分，包括上廁所、使用的電腦，都被白人區隔，更不要說專業被質疑。這個真人實事改編的故事是勵志的，而且選擇了好萊塢主流類型的敘事模式，所以電影看起來除了刺激緊張外，還帶有喜劇娛樂的效果。但種族歧視下的真實面恐怕是殘酷的，2017 年獲得奧斯卡最佳劇情片的《月光下的藍色男孩》（*Moonlight*）呈現了黑人、貧窮、吸毒、同志的各種霸凌與社會

衝突，故事令人印象深刻，看著瘦弱的黑人男孩，從被霸凌到學會讓自己強壯才是唯一的生存之道，過程中又融入不能說出口的同志之愛，都讓這角色壓抑到讓人心疼。

這類故事大都來自真實故事或小說改編，無需苦心原創，現實世界裡真實人物的遭遇就超乎想像，例如《白宮第一管家》（*The Butler*）也是真實人物傳記所改編，藉由美國白宮第一管家的故事（擔任管家 34 年，歷經七任總統），見證了美國黑人民權運動。這部電影故事就從男孩（主角小時候）親眼看見母親被白人雇主強暴，然後父親被一槍斃命的悲劇拉開序幕……

對於追求平等的重要性，幾乎都會以被歧視者的可憐遭遇作為故事軸線，黑人被歧視被壓迫的故事很多，在亞洲許多移工或婦女被欺壓的故事也被拍成電影，就連近年票房相當好的印度電影《救救菜英文》（*English Vinglish*）中，也觸及了印度婦女的家庭社會地位。

至於同志題材的電影故事也有許多精彩之作，對於同性戀的污名化，以及宗教和傳統社會壓迫下所造成的悲劇，東西方各地

都有，這類故事要反抗現實中的歧視與欺壓，大都選擇了真摯動人的愛情故事來證明同性戀關係中的真愛與異性戀並無差別，每個人都應該擁有愛與被愛的權利，沒有人應該被歧視或被傷害。但如同之前所提過的，如何證明是真愛？那就要接受各種對於愛的試煉，甚至是受迫害犧牲的考驗……，最後讓觀眾省思，對同性戀的歧視真的對嗎？

在二戰期間幫盟軍破解德軍密碼的科學家艾倫‧圖靈的故事就讓人非常惋惜，他雖然立了大功，但最後卻因被發現是同性戀，而被處以不人道的化學閹割，這故事也改編成電影《模仿遊戲》。

只要世界上還存在著不平等的故事，這類反歧視、反階級的故事，應該都會繼續被書寫、被看見吧！

合法與非法

合法與非法也是一種有趣的對立。常見的故事類型有兩種：

一是正向描述：合法打擊非法，許多警察故事、英雄故事都

是這類型，故事的進行就是要將為非作歹的壞人或集團繩之以法。

另一則是逆向的設定：合法的（通常是官）有瑕疵，於是要依靠非法的義人與義行來還民公道。例如俠盜羅賓漢、台灣義賊廖添丁之類，或是探討警政團隊中遇到利益輸送與正義衝突的故事。

不管合法還是非法，在這相對論之中，都還是有個「法」，而這法又是人訂立的，因此故事總不脫離情理的包袱，以及權力和利益之間的關係。所以合法的一方不一定代表正義與良善，非法的一方也未必是罪人或惡行，事在人為，制度與法律規範的只是道德的最低限度，更何況還有藉勢藉端鑽漏洞的人，在現實世界中更是讓人厭惡的一方。

合法與非法看似有明確的是非，但故事想呈現的價值觀，端看作者試圖挑戰的切入點了。

愛與恨

愛與恨看似對立，卻可能是纏繞得最緊密的相生關係，因愛

生恨也好，愛恨交織也罷，都讓人痛苦萬分。若在故事中要拉大愛恨衝突，就要像蹺蹺板一樣，愛的越重，恨才會彈得越高，如此才能往下繼續推演出行動戲碼，不管是自傷或傷人。

在生命經驗中，很大一部分的痛苦，來自於幻滅。幻滅於發現了事實不是我們原以為／相信的那樣，在恍然大悟之際，有人傷心欲絕，有人則心有不甘。傷心絕望的人消沉墮落，不甘心的人就想要讓對方得到懲罰，此恨綿綿無盡期，不管是哪一種心情，只要抱著恨意不放，肯定都是自我折磨的多。在許多經典文學和電影作品中，都可以看到這般暗黑風景，因為愛而受盡折磨，越是掙扎，交纏得越緊。

如何鬆綁？

- 恨的原因解決了。
- 愛／恨的對象消失了。
- 有新的對象，用愛修補了心的傷口。
- 更大的敵人／危機出現。
- 頓悟了煩惱空相，放下了。

上述都還是小情小愛的討論，若是落到了國仇家恨的愛恨對立，那就是大場面了，非得要有個了斷！不過也因為範圍過大，所以也就容易成為故事背景，而不是故事的主軸。

第六章

寫一個劇本故事

心裡有個故事不寫會遺憾

寫劇本是為了一圓電影夢

趕劇本都是為了賺生活費

絞盡腦汁創作希望能得獎

……

不管是為了什麼目的而寫故事劇本，總是要踏出第一步，完成它。

若只停留在有個不錯的點子，有一種很強烈的感覺，有一個很酷的畫面……，都還不能成為完整的故事，更不是劇本，也就沒什麼懷才不遇之說了。第一個故事，或完成第一稿劇本，通常還會經過眾人的千錘百鍊才會定稿，不管是拍電影還是電視劇大致如此（除了 ON 檔的連續劇邊寫邊拍外），畢竟故事要能成為影視劇本，最終目的還是希望被拍攝製作出來，而不單只是滿足於文字的書寫或出版。

劇本故事最終是要以畫面和聲音呈現出來的。所以寫故事時要善用影像和聲音的特色來為故事加分。

既然被拍攝製作出來是最終的目的，那所有想要寫劇本的人都應該有個重要的認知，也就是劇本關鍵特色之一：強化「影像敘事」。

　　這樣的創作思考必然不同於純文學創作，或是口頭演說。因此要成為一個好編劇，一定要培養對於畫面和聲音的感受能力，同樣一個情節有很多種呈現方式，很多的情緒和危機，甚至是角色的背景交代，都能透過現場場景（畫面），或道具（暗示），或演員動作（內在心境反應），或現場聲音／音樂（烘托）來表現出來，而避免只是依靠演員「說」出來，若故事背景、內心感受都得要靠演員說話來把故事說白，那這說故事的手法也就大打折扣。

　　例如，要塑造一個恐怖懸疑的故事情節，很多時候就必須善用細節來放線索，讓觀眾看見或聽見，甚至早於劇中主角先發現危機，然後跟著窮緊張瞎擔心，若真說穿了，其實也沒想像中的可怕，真正讓你冒冷汗的，未必是最終的怪物或鬼魅，而是緊張的氛圍和各種恐怖的暗示。類似這樣的劇情，編劇就要懂得善用道具和場景（就是影像畫面）來當重要配角，好好雕琢它；當然

也別忘了聲音，在最緊張的時刻，一根髮夾掉落地都足以讓你尖叫，更何況來自不祥之兆的聲音暗示……

又或者要寫一個愛情告白戲，毫無鋪陳醞釀的直接把「我愛你／跟我結婚吧！」的結果說出來是最下下策。如何堆疊出充滿愛的氛圍，或烘托出離別的傷感，有時反而更讓人揪心感動，這部分不能只依賴演員的表演，也包含了編劇的想像。因此，編劇寫故事時，若也能抓住影像感善用之，絕對能幫故事加分。

但要提醒一點，這裡說的影像感呈現，包括了場景的設計，演員的行為、表演，或特殊視覺道具的運用等等。可不是代替導演來做分鏡的功課，或標註特定鏡頭，這樣可是會被劇組討厭的，也逾越了編劇的工作範圍。雖說不要太雞婆來幫導演分鏡（千萬不要標註遠景、中景、特寫，鏡頭橫移……），但編劇還是要懂得善用鏡頭語言，例如特寫鏡頭可以讓你凸顯重要細節，只要設計出細節的重要性，不需叮嚀導演拍特寫，只要劇情需要，導演自然也非拍不可。又如環境氛圍的營造很重要，編劇需要寫的不是：海邊大遠景。而是描繪出這是一片有著什麼特色的海景，若這特色是需要大遠景才能表現（例如人生的蒼茫感，或是波光粼

粼的日出海面……），劇組為了拍出這場戲的感覺，自然會用遠景來呈現，一定要記住，編劇要寫的是──故事。

場景設計本身就是一場對話

要在什麼樣的空間場域中發展故事？一定要先相信「空間」是會說話的，一個合理且契合故事發展的空間，一定能幫助接下來的劇情發展。這部分包含了三種組合：

第一是空間本身的功能性，客廳、餐廳、臥室、旅館房間……等等。

第二是透過自然／人工的光影、聲音、美術陳設來為它添加的風情特色，例如海邊有：感傷的黃昏海邊、波光粼粼的日出海邊，有沙灘排球的熱情海邊等。其實晴朗的天空、昏暗的街頭、冰冷的醫院、荒涼的廢墟、髒亂的房間、人文氣息的咖啡廳、喧鬧的市場、浪漫的花海……無一不是角色。

第三則是劇情所賦予的意義，例如第一次見面的餐廳、夢寐以求的渡假聖地、特定文化意涵的地點、傳說中的鬼屋等等。

內心衝突能演出來，就不要依賴嘴巴說出來

觀眾看戲是依著主要角色的故事來跟隨的，演員自然佔了畫面的很大一部分，演員的表演千萬不要只想著給他對話就好，還要記得為他們設計動作、發展行為，例如一個人受到委屈最後轉為憤怒，與其找人訴苦和盤托出（戲都給說完了），或許轉為行為表現會更有戲劇感，就像委屈說不出來才更壓抑，但委屈該如何設計才會被觀眾看見？憤怒的爆發要如何呈現才比較震撼？這都是寫故事時可以設計的影像／聲音表現。可不是像部分連續劇裡喜歡直接說來就來的大哭大鬧，情感來得太直接了，反而少了美感和韻味。

哭，是因為悲傷滿了，委屈夠了，眼淚自然落下，而非眼淚、哭聲走在前，怕觀眾不知道演員現在有多慘。所以曾經有人笑稱：若某些肥皂劇就算畫面黑了，光聽演員說話都知道故事是在演什麼⋯⋯，這對於編劇來說可不是讚美喔。

或許也有人會問，伍迪・艾倫的電影也是對白說個不停，但他的特色可是偏好用對話來辯證導演的想法與觀點，而不是交代

劇情，或是說嘴故事的前因後果。

善用道具、象徵性物件來強化故事的張力

在故事中善用道具或設計出具有特殊視覺意義的象徵，也能為劇本故事加分。人們很容易睹物思情，也很容易觸景傷情，甚至常會有杯弓蛇影的聯想……，因此賦予一項充滿視覺感的物件一個特殊意義，對於推動故事的發展是很有助力的，畢竟觀眾看的是以畫面演出，如何提供更具視覺性的故事性設計相對重要。

以上這些舉例都只是幫助作者創作故事時加強影像化的思考，並非固定設定，若創意完全能被公式化計算出來的話，就不叫創意了。提到公式，所有對劇本寫作有興趣的人，沒寫過至少也聽過看過好萊塢著名的三段式劇本模式，這在大多數的類型電影故事中非常常見，甚至被視為指導原則來學習。

調整好了富有影像、聲音戲感的墨筆，接下來就要開始規劃故事的設計藍圖了。

寫劇本要重視故事結構：首要引君入甕，再要過五關斬六將，還要製造感動點和轉折點。

　　寫劇本前，一定要把故事的發展和大綱先想好，初學者不要太過自信能夠邊寫邊發展，想到哪兒寫到哪……，在做故事練習時，我甚至會要求同學練習，把開場和結尾先設計出來，然後再創造故事的進行和結構的安排。

　　「結構」對於寫劇本故事真的很重要，之前曾強調過，每一個劇本都期待被拍成電影／電視劇（影集、連續劇）等，而這些電影或電視劇都有上映或播映時的時間限制，電影最常見的長度是 90 到 120 分鐘，電視劇則有半小時（約 24 分鐘）、一小時（約48 分鐘）、90 分鐘（約 75 分鐘）的播映時段規格，既然有限制，就不能沒完沒了的發展，而必須思考結構的佈局。另一方面，這樣約定俗成的時間規格，除了排片方便外，多少也是長時間的試驗下，所推算出的觀眾最習慣的長度，例如電影超過 120 分鐘，若劇情不夠緊湊，也缺少戲劇內容，常會讓人看得閃神，失去興趣而坐不住，更遑論兩小時以上……，水喝多了也會想上廁所

吧！

　　好萊塢發展出來的三幕式劇本結構，原則上就是以一個大約
兩小時左右的故事長度抓出來的戲劇結構，這是一個比例概念，
而非硬性的時間限制。先以 120 分鐘的故事舉例：

第一幕

　　前四分之一（約三十分鐘）要進行故事鋪陳，與人物關係的
佈局，主要角色們的特質，和他們的困境，以及面對的挑戰，都
應該就定位。這段落有兩個很重要的任務，第一要把觀眾拉進故
事的軸心，對故事產生好奇與同理；另一個任務則是為接下來（第
二幕）一連串的考驗和衝突打好地基，因為進到第二幕開始，就
沒空多說廢話，或作背景介紹了。

第二幕

　　第二幕的故事發展佔了故事的最大段落，約從故事的四分之
一（30 分鐘）延伸到故事的四分之三處（約 90 分鐘），重點就
是一連串的試煉，不同的主題有不同的考驗。我常開玩笑說，去
想想「過五關斬六將」的概念就容易懂了，就是要讓主角關關難

過關關過，難題越來越難，敵人越來越強，希望越來越小，越能凸顯主角的重要性和存在價值。（這部分在前面章節已經介紹過）

第三幕

進到最後四分之一的劇情，則是要給一個解決難題的明確目標，讓主角勇往直前去達成它，不管是犧牲還是超越（在商業類型電影中大多是達成目標），都要奮力一搏。第三幕戲和第二幕不同的是，第二幕還在突破障礙、尋找路徑，但敵人不能一直打不完，懸疑也不能一直當手段玩，久了觀眾也會疲憊麻木，所以一定要給一個轉折點，讓劇情發展撥雲見日，開始朝著終點衝刺。

故事是活的，這三幕式的劇本結構概念，對編劇和導演並沒有明確的約束力，卻是好萊塢長久以來，依照觀眾觀影感受和喜好反應發展出來的故事佈局，整個設計思考都是為了抓住觀眾的注意力。也因為有許多賣座成功的案例，因此成了劇本寫作的重要參考模式。

既然是類型電影普遍的參考模式，我通常都會建議編劇新手可以嘗試著練習，當是練功蹲馬步，就算未來想創作一個很有創

新創意的劇本故事，還是可以先以此練習，學習如何抓住與觀眾對話的節奏，就像要練出神入化的醉拳時，還是得把基本馬步練好，而非喝了酒就自以為能打醉拳。

但循著這套公式走，是否就是戲劇叫好叫座的保證？當然不是。好萊塢的電影也並非檔檔賣座，甚至也有困窘之時。因此也有人提出，這三幕式概念約束了發展故事的原創力，而主張電影故事還是應該要跟著故事人物、主題和戲劇特色來發展，至於孰是孰非各有支持者。

我較建議是把三幕式劇本的邏輯作為參考，它的故事發展概念是把觀眾放在心上的，一心想著要請君入甕，然後用種種刺激的、困難的考驗抓住觀眾的注意力，這樣的一種緊扣觀眾心理的考量，可以提醒編劇重視觀影的感受，以免自溺於自己的故事世界中，斷了和外界的聯繫。相對在於發想故事以及建構人物時，作者還是不應該急著去套公式，想想我們身為觀眾時的心情，當人物劇情不用看就猜得出來時，自然就無趣了。所以探究人性、反映社會的核心價值是不變的，但在創造故事上還必須有創意和創新，這也是最難的。

提到三幕式劇本的結構，除了主段落外，其中還有一個很重要的設計，就是「轉折點」。第一幕轉第二幕，第二幕轉第三幕，各有一個轉折點，這轉折點的設計很重要，也很關鍵。如何讓故事邁入衝突的高潮期，如何讓答案呼之欲出又無法猜測到結局，好讓角色勇往直前，轉折點設計的合理又順暢，故事就進行得漂亮。轉折點若設計的太過薄弱，故事的進展可能就會不合理，缺少說服力，因此轉折點是應該要好好下功夫的。（提醒大家轉折點不單指一個時間點或一顆鏡頭，有時可能是一場關鍵戲，有時候則是一段故事情節。）

　　另外我再補充一個概念，就是「感動點」的設計，感動點對編劇也是很重要的提醒。這概念並不是只限制在溫情故事中賺人熱淚，應該更細膩的來看待它。觀眾看完後，編劇希望他們還能記得多少個畫面？多少情節？又希望在哪些劇情點讓觀眾感動？這感動泛指所有能觸動觀眾情緒的重要劇情點，可能是溫馨感人，可能是悲憤難鳴，可能是生死訣別，可能是難題的抉擇，無論是哪一種關鍵時刻，重要的就是引發觀眾的同理共鳴。

　　總之，遇到關鍵的轉折點與感動點時，要記得多些琢磨，多

些細節。在故事安排好結構之後，不要忘了回頭檢視轉折點設計得夠不夠有說服力？該打動觀眾的感動點，情感堆砌足不足？火侯到位了沒？

找出能引發共鳴的好故事

這是個好問題，也是大難題。好的故事能產生極大的商業獲利和社會影響力，當然也可能成就藝術經典，但誰能說得準？好故事的標準又在哪？票房！得獎！影評！網路討論度！哪一個指標才能證明好故事，電影的投資金額很大，耗費的成本和人力都很可觀，若有公式能找出引發共鳴的故事，賣座又能得獎，大概全世界的片商都會一湧而上吧！電視也一樣，戲劇幾乎都是一般綜合台的最大金雞母，一檔收視率高的戲劇，所帶來的廣告收益和周邊利益也是很可觀的。就連政府部門也要祭出各種獎勵開發好故事，但要創作一部叫好又叫座的故事真的不容易，這也導致近年來在中國有很多片商狂買網路小說、文學小說的改編權，想的也是省點力，另方面也藉助原著作品的粉絲可以拉抬後續的戲劇作品。

對於寫故事的人來說，劇本完成後的拍攝製作和市場行銷，編劇大概都使不上力，也無從參與，因此唯一能專注下功夫的大概就是想辦法孵出一個好故事、好劇本！

好故事要接地氣

　　不管是哪一種題材，都要讓看的人走得進去，並且為之動容。接地氣之所以重要，提醒的就是故事的核心價值，不能跳脫普世價值的標的，也不能偏離人性情感的共通性，這樣故事才能透過同理心的作用，引發觀眾的共鳴。所以寫故事的人自己得要先接地氣，也要對人性有一定的觀察，才能寫得出生活感，就算是虛構的故事，也能在最快時間內把觀眾帶進故事中。

　　你必須讓觀眾／讀者相信你說的故事。

　　寫故事的人需要建構一個故事裡的世界，故事裡的邏輯，故事裡的人際關係，可以充滿想像，但又必須站在現實的肩膀上。例如：

《深夜食堂》：抓住了一群都會中孤獨的魯蛇，在深夜中互相取暖，用食物療癒挫折與寂寞。

《紅衣小女孩》：吸引了一群對民間傳說充滿好奇的人，尤其是這故事神秘性十足，甚至是每年鬼月都要拿出來說嘴的故事。

《送行者》：沒有人能避開死亡與親情的課題，禮儀師如何面對亡者，如何觀察親友，自己又該如何面對親情的考驗？

《熔爐》：一個重大新聞事件，集體侵害弱勢學生卻又官官相護的不公義事件，勾起觀眾的正義感，最後電影甚至影響了真實的世界。

《海角七號》：熟悉的台灣小人物，生動刻劃出生活中的矛盾與衝突，融入恆春、墾丁、演唱會的特色背景，拉近了電影與觀眾的距離。

對於剛入門的人來說，先從自己熟悉或感興趣的領域開發故事，可能會比較容易些：

- 不要好高騖遠想著拍不了的題材。

- 從在地特色出發，找出動人的元素和人物。

- 面對矛盾和不合理的情節，要勇於問為什麼，要先能說服自己才能說服別人。

- 深入思考悲劇事件背後的原因，多探究社會結構面的問題。

- 想要感動別人之前，要先感動自己，不要去寫自己無感的故事，你的陌生觀眾讀得出來。

好故事刻劃角色要細膩、深入，田野功課一定要做！

好故事的關鍵條件之一就是要有好的角色，如何建立角色來發展故事顯得格外重要，寫人物故事有個下功夫的過程不能省略，就是要做田野調查，或是做相關人物的探訪或資料的蒐集。

編劇所經歷的人生畢竟有限，你要如何去揣摩不同的生命樣態呢？不同的性別，不同的職業，不同的年紀，不同的成長背景……都可能會延伸出不同的想法，說出那個角色特有的話語。有些故事一看就讓人覺得好笑，肯定是作者自己關在房間裡想像出來

的世界，每個人物都像是作者自己的投射，一家人吃飯，一群朋友相聚，說話的語氣內容卻如出一轍，這樣的劇本很難得到認同。

曾經有同學很有創意的提出一個關於消防員的故事概念，但真正要寫本時，卻沮喪地跑來找我，因為他不知道怎麼寫細節。我告訴他只有兩條路，第一是去做田野，踏實地去了解你故事人物的工作內容與心境；第二就是放棄這個故事，去找你能掌握的故事與人物。當然，我希望他選擇第一項。因為若你只想靠想像、靠著愛看電影的經驗就能揣摩人生，那是對於故事創作太過浪漫的想像，一個故事不只一個角色，每個主次要角色都有人物特色、背景，也有他在故事中的定位，編劇要能掌握角色，必定要依角色的背景功能，多做訪查與接觸，這樣才能讓角色的細節更鮮活、更有深度。

再次強調：田野很重要！觀察很重要！同理心很重要！

好故事會反映出當代社會的矛盾與衝突

電影／戲劇都像是真實社會的鏡像，不管戲劇中如何偽裝，

透過人物的想法與情節的設計，都會洩漏出我們這個時代的觀點和想法。在故事中反映出對當代社會矛盾與價值衝突的觀察和反省是必要的，這在寫實風格的故事裡很常見，劇情甚至是直接衝撞社會議題，例如《我是布萊克》中挑戰英國社會福利制度的荒唐；但就算在充滿虛構或科幻的故事中，故事情節的設定，通常也都具有一定的隱喻象徵，例如動畫片《動物方程式》中，驕傲的獅子市長、表裡不一的綿羊副市長、狡猾／小時候被刻板印象霸凌的狐狸、充滿鬥志的小兔子警察……，這些角色活生生就是現實社會的投射，絲毫不假。這類的作品在文學和戲劇中屢見不鮮，故事內涵中所夾帶的社會觀察與反省，有時甚至也會成為評判一部作品優劣高下的指標之一。

就算是愛情音樂電影《越來樂愛你》中，看似單純的愛情故事，但在炫麗的歌舞背後，也打著追逐夢想的主軸，讓角色在理想的追尋與現實的打擊中掙扎、選擇，最後經歷成長的蛻變與妥協。

沒有一個故事能取悅所有人，重點是透過這個故事你想要說什麼？你的劇情、人物設計能說服觀眾嗎？這就是關鍵。因此寫

劇本前，一定要先確立故事的核心價值，用故事的內容來印證你要闡揚的價值，不管是對社會正義的期待，對司法不公的控訴，對人性貪婪的反省，對親情偉大的讚頌，對愛情價值的懷疑，對大自然的敬畏……都可以；你要選擇溫馨浪漫路線、驚悚懸疑路線、冒險犯難路線也無不可。重點是，不要忘了問自己，為何想要說這個故事？

● 劇本格式和分場注意事項

真正要開工寫分場劇本了，有一個技術性問題一定要先弄懂，就是劇本格式。

現在網路上有很多電影劇本流傳，想要寫故事的人對於基本格式大家應該都不陌生（若還不了解，請見附錄：106 年度文化部優良劇本徵選格式），重點要記得劇本不是給觀眾看的，是給執行拍攝的劇組人員，和負責演出的演員看，更不是編劇自己看懂就好，因此在格式上儘量以大家習慣閱讀的形式書寫最好，不要標新立異。

曾有學生問我，一般劇本都是直式橫寫，能不能用橫式橫寫

呢？我反問他，橫著翻閱 A4 的劇本在拍攝現場是一件聰明的設計嗎？眼睛看橫向頁面的視距是多少？為使用者著想，還是別搞怪的好。

以下分享幾個格式上容易犯錯的注意點：

1. 分場標註要清楚正確

戲劇故事拍攝時，極少是依照著劇本場次的順序進行，副導演大多會依著相關場景，或演員的檔期來安排拍攝行程。所以劇本真正執行時，幾乎都是跳場拍攝，因此在每一場次的標註上就要清楚。

場號編碼要正確。千萬不要出現重複編號或跳號，很簡單的注意事項，但很容易在修改幾個版本後產生錯亂，這種情況屢見不鮮。

劇本內文寫作參考格式（文化部 106 年度徵選優良電影劇本徵件須知）

場景標題格式（粗體）：

1. 內景／外景　地點 日／夜／晨／昏

場景／動態描寫（△）、對白：

△置左，次行皆與首行△齊頭，對白亦同。

---

1. 內景　阿強家客廳　夜

△一棟老舊的公寓客廳中，沒有太多家俱，只有一套復古的懷舊沙發與茶几，陳設簡陋，連電視機也沒有。

△阿強，男，三十六歲。阿嬌，女，三十歲。阿強跟他的妻子阿嬌坐在沙發上聊天，漸漸變成像是在吵架。

△阿強激動的站起來。

（空一行）

阿強：妳這什麼態度？

阿嬌：你才什麼態度？叫你洗碗盤，幹嘛拖拖拉拉？

阿強：我剛說了我等一下就會去洗，妳煩不煩要用這種語氣對我講話？

（空一行）

△阿嬌順手拿起一本雜誌，往阿強的身上丟。

△阿強有點被嚇到，下意識的閃過了雜誌。

（空一行）

阿嬌：你兇什麼？什麼事都不做，還敢兇？

阿強：明明是妳比我更兇，居然還反咬我很兇？妳這人講不講理呀！

（空一行）

△阿嬌氣沖沖地離開客廳，進入臥房，大力的甩上房門。

△阿強把掉在地上的雜誌放到茶几上擺著，默默的走向臥房門口。

（空一行）

2. 內景　阿強家臥房　夜
△阿嬌走進臥房後，立刻拿起手機撥號。

（空一行）

阿嬌：雅慧嗎？我阿嬌啦！妳知道嗎？我家那個阿強實在是⋯⋯

（空一行）

△阿強在這個時後打開房門。

（空一行）

阿強：妳又在跟誰告狀？
阿嬌：要你管啊？我愛打給誰，我高興！

（空一行）

△阿嬌粗魯的把阿強推出門外，阿嬌關上門並上鎖。

（空一行）

3. 內景　阿強家客廳　夜
△阿強被鎖在房門外非常生氣，提高了音量。

（空一行）

阿強：我要去找妳媽！請她過來評評理，妳不要只會出口罵人。
阿嬌：我哪裡罵你了？把我媽都搬出來，妳也太沒出息了吧。有種就把我媽叫過來呀！

（空兩行）

4. 內景　阿強家臥房　夜
△阿嬌再回頭跟雅慧講電話。

（空一行）

阿嬌：雅慧，我先不跟妳說了。不然我等一下再打給妳，掰掰！

（空一行）

△阿嬌深呼吸了幾口氣，平緩一下怒氣，打開鎖著的房門。

（空兩行）

5. 內景　阿強家客廳　夜
△阿嬌與阿強面對面怒目相視。

（空一行）

阿嬌：就只是洗個碗而已，為什麼你就是做不到？

阿強：從什麼時候開始，我們就在為這種小事情吵的翻臉不認人？真的要為這種小事情斤斤計較嗎？

阿嬌：拜託！這種小事情就是大事情，會把婚姻毀滅的事情就是大事情。

阿強：所以我們的婚姻正在毀滅嗎？

（空一行）

△阿嬌突然情緒一來，眼淚止不住的落下。

（空一行）

阿嬌：看起來就是你在毀滅我們的婚姻。

阿強：不要把錯都怪在我一個人頭上，一個巴掌拍不響，難道妳就完全沒有責任嗎？我上班一整天壓力已經很大了，為什麼就不能多體諒我一下。

（空兩行）

6. 內景　黃律師辦公室　日
△黃律師，女性，五十歲，是業界知名的離婚律師。
△阿強跟阿嬌安靜聽坐在對面的黃律師解釋程序。

黃律師：其實，離婚的手續不會很複雜，收費也不會很高。

2. 場景、時間、人物的資訊要正確

場景若有特殊性也要註明，不要偷懶也不要太囉嗦，例如主角的家若是主場景，一定還會有情節發生在客廳、房間、廚房等差別，只要在拍攝空間上可能會進出的部分，都可以寫清楚，而不要從頭到尾 XX 的家帶過。有些劇組找不到理想的拍攝場景，也有可能是借了 A 房子的客廳＋B 房子的臥房，來組合成這個 XX 的家。至於說到太囉嗦的標註，是指例如：房間的窗邊、房間的床上……，這些應該是寫在劇本內文，而非在場次的標註上。

人物的出場標註，過去的劇本需要編劇標示，現在最新的劇本格式拿掉了這一項。但也要提醒作者們一個人物一個名稱代號就好，有些人會偷懶喜歡用複製的，或一會兒本名，一會兒稱謂的，容易混淆。

3. 爭議的三角形

在台灣慣用的劇本格式中，常是齊左橫排，並會出現三角形符號△，在這符號後交代的內容包括有：場景空間／環境氛圍的描述，角色的行動，角色的內心感受等等。但在美式劇本中是沒

有這符號的，是在場景標題中註明內外景、場地、時間，然後在下一行（齊左）描述場景或動作內容，若有人物對話時，則再空一行，以「縮排置中」的方式標注說話者（姓名大寫）與對話內容，做為區隔。

　　到底劇本要不要有三角形的符號存在，各有擁護者。只能說在閱讀習慣上，台灣的劇本目前是慣用三角形標示的。多出一個符號已經算麻煩的，請不要再任意加入其他圖示了。曾經遇過有編劇描述文用三角形，對話人名前還要加圓型，真是毫無意義，討罵挨的。

4. 對話引號請拿掉

　　劇本很重要的任務，是把故事說好，讓劇組執行，所以多餘的符號都儘量不要出現。例如很多初學者最喜歡在人物對話時，冒號之後還要乖乖地加上引號「」，這是不需要的，人物對話只要簡單的呈現：

　　XXX：○○○○○○○○○○○○，○○○○○○。
　　AA：○○○，○○○○○○○○○○○○○○○○！
　　即可。

了解書寫格式其實不難，進入分場劇本的書寫，難的是如何分場，以及分場敘事的節奏怎麼拿捏，故事長度如何估算。

　　故事長度部分，美式劇本通常是一分鐘一頁，但中文書寫比較難算得準，有些角色話多，一頁劇本拍個三、四分鐘都可能。有些製作人則喜歡以字數來評估，一小時電視劇的劇本約需一萬兩千字上下，電影劇本大約在兩萬五千字左右。再次強調，這些都是經驗上的粗估，因為不同風格不同故事，甚至不同導演的用鏡，都會拍出不同長度的戲劇。例如，有些場次中多為三角形標示的空間氛圍、人物內心戲，在表現上就給導演很大的空間了，有些導演想搶快，幾個三角形的內容，他可能推一個軌道鏡頭就全部海掃一遍了；有些導演則在內心戲上特別愛琢磨，情緒鏡頭有時反而很耗時；動作戲那又是另一種節奏了。那麼要怎麼估算戲劇時間呢？對比較沒有經驗的人來說，最土的辦法就是自己預演一遍，對白多念幾次，有經驗後就比較能抓出戲劇的時間感了。

　　之前談過故事的結構很重要，在分場劇本階段就能驗證了，如果沒有先把劇本故事的結構規劃好，在分場時，就很容易失了準，例如前面鋪陳的內容寫太多，到後來才發現重點都還沒寫到，

最後只好趕火車式的趕緊交代劇情了事，這樣的故事會好看嗎？結果通常是打掉重練，得不償失。

不管是不是依循三幕式劇本的結構模式，算計好故事的結構，穩扎穩打的耕耘都是一件重要的事。

對入門者最難的分場技巧，應該還是如何拿捏分場內容該從哪裡開始？該在哪裡結束？很多人沒有經驗，經常會把一場戲寫得很長，卻還搔不到癢處，例如凡事都要從一開始相遇或進門打招呼寫起，光是要用線性時間進行到關鍵處，就不知得要耗費多少時間了。若懂得場次與場次之間的轉接，以及對白的技巧，很多時候一場戲是可以從中間進入，簡單俐落，然後在關鍵點留下懸念轉給下一場戲。

這部分會因故事類型的不同而各有巧妙之處，對於入門者來說，可以多看一些好電影來增強自己的戲感。如果可能的話，要把握機會參與現場拍攝或後製剪輯，多了解戲劇的製作過程以及剪輯概念，對於寫劇本故事絕對是一大加分。因為你會更具體的了解一個畫面是如何建構出來的，同一種情緒，演員或導演有多

少不同的詮釋方式，以及在後製剪輯中遇到問題時，如何進行故事的重整和編寫？哪些拍不好，或情感不足的點到底是出了什麼問題，故事的敘事有多少種可能……，這些都是在剪接台上難得的學習。

　　若沒有機會參與實作，也可以找出一部電影來做分場練習，也就是重新將電影還原成分場劇本，解構它的劇本故事，從中學習分場的技巧。多做幾次這類的練習，功力也會進步的。

　　從發想一個故事概念，鋪展成一個故事大綱，然後建立敘事結構，再進展到分場劇本，彷彿像蓋房子般，一步一步從設計概念進行到畫出設計藍圖，然後施工搭起鋼骨結構，再來就是要填血肉，裝潢行動細節了。最後的血肉階段，就是要寫對白。

　　進入到對白階段，這本書前面所叮嚀的各種準備項目都得被一一印證，人物角色的建立：性格（優點或缺陷）、成長背景、生活特色、遭遇的難題是否都想好了？不同角色間的人際關係和衝突，是否都清楚了？要將構想中的故事情節落實以對白和人物動作來實踐，就沒有模糊地帶，也沒有好閃躲的地方了。一個難

題降臨，衝突升起，角色該說出什麼話？其實就是反映他的處事態度、人生觀點，以及內心的狀態。而對白中又該藏有什麼樣的玄機，來呼應前面的劇情，暗示後面的發展，都是藏在對白中的隱形線索，這些至關重要，都值得寫故事的人細細推敲。

寫一個好的劇本故事並不容易，甚至極為折騰，而且很多編劇分享時，也常自嘲在創作期間常是很痛快淋漓的自虐（精神上）和自我剖析，不只要進入故事，還要做多重角色的扮演與同理，相較於許多朝九晚五的固定工作，劇本創作是一種相當特別的人生經驗，極富挑戰性，仿若上帝的手，安排著劇中故事／人物的命運，痛苦而又迷人。

現在已經進入了數位網路時代，對於內容故事的需求極為強烈，相信未來會有越來越多人投入寫故事的行列，就算不以編劇為職業，當個業餘的說故事人，或是在網路平台上發表短片，都將是人人可嘗試的自我展現形式，也希望本書所提供的劇本故事寫作概念，能提供給想寫故事的人，創作故事時的提醒與經驗交流。

你若是想寫劇本，想當編劇，別多想。睜開雙眼，豎起耳朵，打開五感，用心去生活去發掘好故事吧！一定要相信故事就在你我的身邊。想要找出戲感，記得多看經典的好電影。想要提升寫作技巧，不要只用腦子想出各種阻礙來嚇自己，提筆寫下去吧！你自然就會發現問題，記得去尋找解決方法，創作不是考試，不要想找公式抄襲。克服困難！就是一種訓練與提升，經典故事不就是這麼教我們的嘛！

　　戲裡戲外，盡是人生。

善用五感捕捉生活的細節，開始寫故事囉～

Mark 135

故事的祕密
寫在劇本之前的關鍵練習

作者：蕭菊貞
內頁插畫：江長芳
責任編輯：李濰美
封面設計：楊啟巽
校對：趙曼如、李昧、蕭菊貞

出版者：大塊文化出版股份有限公司
台北市 105022 南京東路四段 25 號 11 樓
www.locuspublishing.com
讀者服務專線：0800-006689
TEL：(02) 87123898　FAX：(02) 87123897
郵撥帳號：18955675
戶名：大塊文化出版股份有限公司
法律顧問：董安丹律師、顧慕堯律師
版權所有　翻印必究

總經銷：大和書報圖書股份有限公司
地址：新北市 24890 新莊區五工五路二號
TEL：(02) 89902588　FAX：(02) 22901658

初版一刷：2017 年 10 月
初版三刷：2021 年 8 月
定價：新台幣 280 元
Printed in Taiwan

國家圖書館出版品預行編目資料

故事的秘密：寫在劇本之前的關鍵練習 /
蕭菊貞著 . -- 初版 . -- 臺北市：
大塊文化 , 2017.10
　　面；　　公分 . --（Mark；135）

ISBN 978-986-213-833-5（平裝）

1. 劇本 2. 寫作

812.31　　　　　　　　　　106016745

LOCUS

LOCUS